Rainer Gross
GUINEA

Siegfried Aschenbach ist wissenschaftlicher Mitarbeiter an einem Geografischen Institut. Seit Langem empfindet er sein Leben dort als würdelos. Er leidet unter der Impertinenz des Personals, der übertriebenen Fürsoge des Institutsleiters Professor Kühne, dem Banausentum seiner Kollegen, den heimlichen Verleumdungen, denen er ausgesetzt ist. Nur sein Gelehrtenfreund Thelonious, mit dem er lange Nachmittage in dessen Kabinett verbringt, versteht ihn.

Eines Tages fasst Aschenbach den Entschluss, nach Guinea auszuwandern. Das westafrikanische Land ist für ihn der Inbegriff eines Lebens in Freiheit und Würde.

Doch auf einmal zeigen sich Ungereimtheiten im Institutsleben. Räume verändern sich auf seltsame Weise, unerklärliche Dinge geschehen, sein Freund verschwindet spurlos, und Aschenbach muss erkennen, dass seine Welt nicht das ist, was sie zu sein scheint.

Rainer Gross, Jahrgang 1962, studierte Philosophie, Literaturwissenschaft und Theologie. Er lebt mit seiner Frau als freier Schriftsteller in Reutlingen.
Bisher veröffentlicht: Grafeneck (Pendragon 2007, Glauser-Debüt-Preis 2008); Weiße Nächte (Pendragon 2008); Kettenacker (Pendragon 2011); Kelterblut (Europa 2012).

Bei BoD erschienene Romane:
*Die Welt meiner Schwestern*
*Das Glücksversprechen*
*Yūomo*
*Haus der Stille*
*Schrödingers Kätzchen*
*Drei Tage Wicklow*

Rainer Gross

# **GUINEA**

*Roman*

BoD 2015

**Bibliographische Information der Deutschen Nationalbibliothek:**
Die Deutsche Nationalbibliothek verzeichnet diese Publikation in der
Deutschen Nationalbibliographie; detaillierte bibliographische Daten
sind im Internet über http://dnb.d-nb.de abrufbar.
Kein Teil des Werkes darf in irgendeiner Form (durch Fotokopie, Mikrofilm oder ein anderes Verfahren) ohne schriftliche Genehmigung des
Verlages und des Autors reproduziert werden oder unter Verwendung
elektronischer Systeme verarbeitet, vervielfältigt oder verbreitet werden.
© 2015 Rainer Gross
Herstellung und Verlag: BoD – Books on Demand, Norderstedt
Layout und Umschlaggestaltung: Rainer Gross
Umschlagfoto: © Depositphotos.com/Imagezone
Alle Rechte vorbehalten
ISBN: 9783734767913

*(...) I have heard the key*
*Turn in the door once and turn once only*
*We think of the key, each in his prison*
*Thinking of the key, each confirms a prison*
*Only at nightfall, aetherial rumours*
*Revive for a moment a broken Coriolanus*

                        T.S. ELIOT, THE WASTE LAND

Im Fernsehen habe ich einen Bericht gesehen. Oder Thelonious hat mir davon erzählt. Um Guineen ist es gegangen, die englischen Goldmünzen, in denen manche noch heute abrechnen. Sie wurden nach Guinea benannt, dem Land in Westafrika, aus dem das Münzgold stammte. Das ist mir im Gedächtnis geblieben: Guinea.

Ich habe im Internet recherchiert. Ich bin noch nicht dement, auch wenn ich der Älteste hier am Geografischen Institut bin. Über die Geschichte ist wenig zu erfahren. Ein portugiesischer Seefahrer, ein Antonio Fernandes, hat die Küste dort unten erkundet. Auf den Inseln davor wurde ein Handelsstützpunkt errichtet. Später war es französische Kolonie. Ich stelle mir vor: Tropenhölzer, Elfenbein, Sklaven. Und Gold, jede Menge Gold.

Da würde ich gerne hin. Mit dem Flugzeug anfliegen, ein Hotelzimmer nehmen, die Reise in die Berge und in den Regenwald organisieren. Armut ringsherum. Bettelnde Kinder, geschwollene Bäuche, Militärdiktatur. Aber ich stelle mir das anders vor.

Ich würde mir im Regenwald eine Hütte bauen. Mangos pflanzen. Meinen Frieden finden. Eine Einheimische heiraten. Guinea. Das ist mein Traum.

Dort könnte ich frei und selbstbestimmt leben. Niemand würde mir dazwischenreden, mich bevormunden, entscheiden, was gut oder schlecht für mich ist. Ich würde aufatmen. Ich würde meine Tage in Würde und Anstand verbringen. Mein Leben hätte wieder einen Sinn.

Ich würde mir mein Essen selbst kochen, ja, würde es selbst ziehen und erbeuten. Vielleicht mit dem Jeep kleine Besorgungsfahrten in die nächste Stadt unternehmen. Ich weiß nicht.

Natürlich darf ich niemandem von meinen Plänen erzählen. Die halten mich eh für verrückt hier. Wasser auf ihre Mühlen, aber nicht mit mir.

Dass ich Interesse an Westafrika zeige, kümmert niemanden. Ich leihe mir Bücher aus, lese sie im Park auf einer der Bänke, mache mir Notizen am Rechner. Die Dateien sind mit einem Passwort gesichert, ich bin noch nicht dement.

Thelonious weiß viel über Westafrika und Guinea. Er erzählt, wie es früher war, bei den Portugiesen. Die Goldexpeditionen, die im Dschungel auf Monster stießen, die sie noch nie gesehen hatten. Riesige zähnefletschende Affen, Elefanten mit mächtigen Stoßzähnen, wilde Rhinozerosse, die durchs Gebüsch brachen, Wesen mit Hälsen so hoch wie ein Schiffsmast. Die Mücken machten sie verrückt, und viele starben an unbekannten Krankheiten und an den Parasiten, die in den Wasserlöchern wimmelten.

In seinem Kabinett sitzen wir oft und trinken

indischen Tee. Er lässt sich eine Kiste anliefern, wenn sie frisch mit dem Teeclipper eingetroffen ist, und dann sitzen wir in unseren Fauteuils und plaudern angeregt. Es ist gut, dass Thelonious hier ist. Ohne ihn würde ich es nicht aushalten. Der einzige vernünftige Mensch, außer mir. Auch ihn halten sie für verrückt, oder vielmehr mich, wenn ich von ihm erzähle. Deshalb erzähle ich nichts mehr. Überhaupt erzähle ich kaum noch etwas. Zu oft musste ich erleben, dass ich nicht ernst genommen werde. Da sitze ich lieber bei Thelonious und genieße unsere geistvollen Gespräche.

Thelonious weiß überhaupt viel. Er ist ein richtiger Gelehrter, wie man sie heute nicht mehr findet. Er scheint alles an Fächern studiert zu haben, was es gibt, zumindest im Rahmen einer klassischen geisteswissenschaftlichen Ausbildung. Von den Naturwissenschaften kennt er die Geschichte und die Geschichte ihrer Voraussetzungen, deshalb hält er nicht so viel von ihr wie die meisten um uns herum. Mit ihm allein kann ich darüber sprechen, dass die naturwissenschaftliche Wirklichkeit, insbesondere die naturwissenschaftlich geprägte Psychologie, durchaus in vernünftigen Zweifel zu ziehen ist. Es gibt andere Standpunkte, die man einnehmen kann, und auch ihre Axiome sind nicht unhinterfragbar.

Da sitzen wir dann oft und fachsimpeln über

Quantentheorie und Empirismus und die Intelligibilität der Wirklichkeit. Ab und zu öffnet sich die Tür und jemand schaut herein, einer der Banausen, die hier umgehen, und der zieht dann ein Gesicht, wenn er uns sprechen hört, und verschwindet rasch wieder.

Dann lachen wir beide, Thelonious und ich, uns ins Fäustchen.


Einer der Professoren hier am Institut, Herr Professor Kühne, Mitglied der *Royal Geographical Society* wie ich, bittet mich um ein Gespräch. Ab und an werde ich geholt, wenn es um Vorträge oder Gutachten oder Berichte geht, die ich halten oder schreiben soll. Ich denke nicht, dass sie meine Mithilfe wirklich nötig haben, aber ich würdige den Respekt und die Wertschätzung, die in solchen Gesten liegt.

Der Professor begrüßt mich, als ich eintrete. Er steht auf und bietet mir die Hand. Er hat britisches Blut in den Adern, ist aber in Deutschland geboren. Ein netter, gebildeter Mensch mit einer Neugier für abenteuerliche Wissensgebiete, auch wenn sein britischer Dünkel manchmal etwas störend wirkt. Als ob nicht die Deutschen auch ihren Teil zur Geschichte der geografischen Wissenschaft beigetragen hätten. Martin Behaim mit seinem Globus etwa oder Alfred Wegener mit seiner Kontinentaldrifttheorie. Der Professor ist recht jung für seine Qualifikation, er nimmt in seinem Maßanzug und seiner Krawatte hinter dem Schreibtisch Platz und schaut mich freundlich an.

„Nun, wie geht es Ihnen, Herr Aschenbach?"

„Danke, gut, Herr Professor", antworte ich.

„Sind Sie mit allem zufrieden hier am Institut?"

„So weit ja", erwidere ich. Womit ich tatsächlich unzufrieden bin, brauche ich ihm nicht zu sagen. Er weiß, dass ich meinen Ruf als verrückter Gelehrter weg habe. Manchmal nimmt er mich dafür auf die Schippe, zwinkert mir zu, aber ich kann einen Scherz vertragen.

Anschließend fragt er mich nach meinem Schlaf, meinen täglichen Aktivitäten, ob ich Schmerzen hätte. Diese Art Fürsorge für seine Mitarbeiter finde ich nun ein wenig übertrieben, auch wenn ich die Wertschätzung, die darin liegt, lobenswert finde.

„Haben Sie in nächster Zeit vor, wieder eine Reise zu unternehmen?"

Zuerst bin ich verblüfft. Kann er von meinem Guinea-Traum wissen? Ich habe nur Thelonious davon erzählt, und dessen Verschwiegenheit ist mir sicher. Dann erinnere ich mich, dass ich schließlich an einem Geografischen Institut bin und Reisen in die Welt nichts Fernliegendes sind.

Soll ich ihm von Guinea erzählen? Vielleicht

wird er bald sowieso Bescheid wissen, wenn sich meine neueste Lektüre herumspricht.

„Nun, ich weiß nicht", antworte ich ausweichend. „Es gibt da ein westafrikanisches Land, das meine Neugier geweckt hat ..."

„Ah ja?"

„Guinea, wenn Ihnen das etwas sagt."

Er schaut mich lächelnd an und wartet, dass ich weiterspreche. Aber seinem Schweigen entnehme ich, dass ihm der Name nichts sagt. Das enttäuscht mich. Als Professor an einem Geografischen Institut sollte er auf der Erde Bescheid wissen, auch wenn sein Spezialgebiet die Neue Welt ist, wie ich gehört habe. Er hat über die indigenen Völker im Amazonasgebiet promoviert.

„Das würde ich gerne einmal kennenlernen", fahre ich fort. „Besonders die historischen Verhältnisse dort, Sie wissen ja, das Dreieck des Sklavenhandels, Elfenbein, Gold."

„Gold interessiert Sie?"

„Nun ja, nicht des Wertes oder des Metalles wegen. Aber es ist doch von jeher ein Inbegriff für Reichtum, Pracht und Lebensfülle ..."

„Sieh an. Da haben Sie recht."

„Und ich interessiere mich auch für die Menschen dort. Die einheimische Bevölkerung muss doch sehr unter den Gewaltstrukturen des Sklavenhandels gelitten haben."

Gerne würde ich mit ihm das moralische Pro

und Contra des Sklavenhandels und die Bestrebungen zu dessen Abschaffung besprechen, aber daran hat er sichtlich kein Interesse.

„Wann wollen Sie denn los?", fragt er.

„Ach, wissen Sie, so einfach ist das nicht, wie Sie es sich vorstellen. Es werden keine Visa ausgestellt. Dort herrscht Bürgerkrieg seit einigen Jahren", antworte ich. „Die Militärdiktatur lässt keine Touristen ins Land."

„Aha." Er schmunzelt. „Und wie wollen Sie dann hineinkommen?"

„Sehen Sie, das erfordert eben eine längerfristige Planung. Der Zeitpunkt meiner Abreise ist noch nicht absehbar."

„Dann bin ich ja beruhigt", sagt er und lehnt sich zurück.

„Weshalb?"

„Wir brauchen Sie hier, Herr Aschenbach. Wir brauchen Gelehrte Ihres Kalibers. Jetzt zum Beispiel hat mich ein Kollege gebeten, ich solle ihm ein Dossier über Westafrika zukommen lassen. Das neueste Dossier, das hier in unserem Hause angelegt wurde, ist fast zwanzig Jahre alt. Wäre das nicht eine Aufgabe für Sie? Jetzt, wo Sie sich in Guinea eingearbeitet haben?"

„Sehr schmeichelhaft …", wehre ich ab.

„Was wollen Sie denn in Guinea? Feldforschung betreiben?"

„Nein", sage ich. „Von Haus aus bin ich ja kein Ethnologe, sondern Geograf. Von daher bedürfte es einer eigenen Expedition, um dort Feldforschung zu betreiben."

„Was suchen Sie denn dort?"

Ich überlege lange, ob ich es ihm sagen soll: Freiheit. Eine eigenes Leben. Weit entfernt vom Institut. Flüchten will ich, mir eine neue Existenz aufbauen. Endlich so leben, wie ich es will. Dann entscheide ich mich dagegen und antworte: „Ich habe keine anderen als berufliche Motive."

„Nun gut", sagt er. „Aber, für den Fall, dass Sie doch ... unerwarteterweise aufbrechen wollen, müssen wir natürlich eine Malaria-Prophylaxe durchführen. Es ist zu Ihrem eigenen Besten."

„Das klingt einleuchtend."

„Ich lasse die Medizin durch unser Hauspersonal überbringen, jeden Morgen und jeden Abend, und bitte Sie, die Tabletten mit einem Glas Wasser zu schlucken. So, wie wir es bisher auch gehandhabt haben."

„Verzeihung?"

„Mit den Vitamintabletten und dem Aufbaupräparat."

„Ach, richtig."

„Gibt es sonst noch irgendetwas, das Sie loswerden möchten?"

„Dieses Dossier", sage ich, „ich könnte es mir ja noch einmal überlegen. Bis wann brauchen Sie es denn?"

„Oh, es eilt nicht. Sie können sich Zeit lassen!"

„Und ... äh ... welchen Umfang haben Sie sich vorgestellt?"

„Schreiben Sie alles, was Sie wissen. Auch das, was Sie sich darunter vorstellen, unter Guinea, damit wir hinterher einen ... äh ... empirischen Abgleich machen können."

„Verstehe. Nun gut, ich überlege es mir."

Er erhebt sich, ganz Gentleman, bringt mich zur Tür, öffnet sie und verabschiedet mich mit Handschlag.

Als ich durch die leeren Flure mit den holzgetäfelten Wänden zurückgehe in mein Studierzimmer, freue ich mich. Es tut gut, soviel Respekt entgegengebracht zu bekommen. Ein feiner Mensch, der Herr Professor.


Wir sitzen in seinem Kabinett, Thelonious und ich, bei einer Tasse blumig duftenden Darjeelings, und pflegen unsere Freundschaft.

Thelonious' Kabinett ist ein Refugium für mich hier am Institut. Es befindet sich in einem abgelegenen Seitenflügel des Gebäudes, wo wenig Menschen hinkommen. Besonders das lästige Hauspersonal, das die Gänge bevölkert mit seiner unermüdlichen Betriebsamkeit, tritt hier seltener auf. Thelonious hat in seinem Kabinett ein einfaches Feldbett aufgeschlagen mit einer wollenen Decke, mehr braucht er nicht, sagt er.

An den getäfelten Wänden Regale voller Bücher, eine wahre Bibliothek. Hier finde ich fast alles, was mich interessiert. Daneben steht mitten im Raum ein großer, alter Globus, Seekarten und Auszüge aus Westermanns Kolonialatlas zieren die Wände, das Modell einer spanischen Galeone thront mitten darin, ein wenig staubbeflaumt und spinnwebverhangen, aber mir macht das nichts. Und dann die vielen Andenken und Kulturgegenstände, die Thelonious von seinen Reisen mitgebracht hat: asiatische Statuen, afrikanische Fetische, Masken aus Neuguinea, Speere, Bumerangs, Trommeln, ein Traumfänger aus Peru, Ketten und Amulette und Totems der Maori, es ist eine wahre Pracht!

Hier fühle ich mich wohl. Das ist eine Luft der Weltläufigkeit und Weltoffenheit, die ich gerne atme.

Wir unterhalten uns über Darwin und dessen *Ursprung der Arten* und die Wirkung, die das Buch seinerzeit hatte.

„Darwin war ein durchaus gottesfürchtiger Mann", erzählt Thelonious. „Nichts lag ihm ferner, als den Glauben an die Bibel zu beschädigen durch seine Theorien. Vielmehr hat er sich auf seine Weltreise gemacht mit der *Beagle*, um Gottes Spuren in der Schöpfung zu entdecken. Nur so nebenhin ist er dann auf die Evolution der Spezies gestoßen."

„Ja, ich weiß. Und wie ist sein Buch damals aufgenommen worden?"

„Nun, er hat die theologische Tragweite seiner Untersuchung sicher nicht absehen können und auch in keiner Weise gewollt. Die theologischen Rückschlüsse haben andere gezogen, und Darwin hat unter den Anwürfen immer sehr gelitten. Es hat übrigens seinen Glauben nicht weiter in Frage gestellt. Es ging damals ja hauptsächlich um die Anschauung der unmittelbaren Erschaffung der Arten und dabei um die zeitliche Einordnung. Dass man für die Evolution, wie Darwin sie nachgewiesen hat, Jahrmillionen veranschlagen musste, drang damals noch gar nicht ins Bewusstsein."

„Bist du ein gottesfürchtiger Mann?", frage ich ihn. Private Themen sind bei unseren Gesprächen zwar nicht tabu, aber ungewöhnlich. Heute verlangt es mich danach, mehr von Thelonious zu wissen, eine Seite an ihm zu entdecken, die ich bisher nicht kannte.

„Nun, ich bin nicht sehr religiös", gesteht Thelonious ein. „Aber den Gedanken, dass es einen Gott und Weltenschöpfer gibt, finde ich durchaus einleuchtend. Wenn auch die konkreten Schlussfolgerungen daraus mich noch immer abschrecken."

Er legt die Fingerspitzen aneinander und schaut mich an.

„Und du, lieber Kollege? Wie steht es mit dir

in dieser Hinsicht?"

„Mir geht es ähnlich wie dir", sage ich offen. „Ich glaube nicht nur, was ich sehe. Ich bin überzeugt, es gibt eine Art geistiger Welt, die der physischen immanent ist. Gott erscheint mir ein logisches Konstrukt, über dessen Evidenz ich allerdings nichts sagen kann. Aber sicherlich ist die ethische Dimension des Glaubens nicht zu verleugnen."

„Aber es ist doch merkwürdig, wie die Dinge sich umkehren oder in einem ganz anderen Licht erscheinen, wenn man den Standpunkt wechselt", sagt er.

„Wie meinst du das?"

„Nun, wie Darwins Buch zum Beispiel. Es räumte auf mit der alten Vorstellung, die Welt sei vor viertausend Jahren entstanden und alles sei so wie am ersten Tag der Schöpfung. Das war doch ein Irrglaube. Und plötzlich, wenn man nur die Perspektive ändert, tauchen Fakten und Sachverhalte auf, die nie zuvor ins Blickfeld geraten sind."

„Ich verstehe", sage ich und greife nach meiner Tasse, die auf dem Teetisch steht. Der Tee ist noch warm, ich nehme einen Schluck. Der Geruch der Bücher steigt mir in die Nase und ein Gefühl großer Behaglichkeit überkommt mich.

„Oder der Gedanke, dass es einen Gott geben könnte, der persönlich unser Leben lenkt.

Dieser Standpunkt ändert die vielen Ereignisse und ihre Bedeutung völlig."

„Ihre Interpretation", betone ich. „Das ist zweifellos richtig."

„Wenn du zum Beispiel annehmen würdest, dass es einen Gott gibt, der auf dich aufpasst, dann könntest du davon ausgehen, dass er dich Guinea eines Tages erreichen lässt."

„So habe ich das noch gar nicht gesehen."

„Siehst du?"

„Interessanter Gedanke. Aber lähmt das nicht meine Tatkraft und meine Verantwortlichkeit?"

„Nicht unbedingt. Denn du weißt ja nicht, wie dieser Gott das bewerkstelligen würde. Du müsstest dich darum bemühen, als gäbe es keinen Gott, und doch könntest du dir gewiss sein, dein Ziel zu erreichen, als ob alle eigene Anstrengung nichts nützen würde."

Ich denke über diese Worte lange nach. Thelonious ist ein wahrer Freund. Er versteht mich, und immer gelingt es ihm, mich zu motivieren und zu ermutigen. Die Gedankenanstöße, die er mir liefert, haben mich in den letzten Jahren, seit ich am Institut bin, enorm weitergebracht.

„Aber würde es denn mein Handeln ändern, wenn ich an diesen Gott glaubte?", frage ich.

„Nein", antwortet Thelonious. „Und das ist keine theologische Frage. Das ist eine Frage der Vernunft. Du handelst, wie du als freier, gewissenhafter und verantwortlicher Mensch handeln würdest, und nur im tiefsten Innern hättest du eine Gewissheit, die durch keine äußeren Rückschläge zu erschüttern wäre."

„Ich denke", sage ich, „das ist schon der Fall. Weißt du, Thelonious, in meinem tiefsten Innern weiß ich, dass ich eines Tages Guinea erreichen werde. Ein Leben in Freiheit und Würde ist möglich. Ob ich das nun Gott nenne oder anders, spielt keine Rolle. Aber ich weiß, da gibt es am Grund meiner Seele eine Kraft, die mich zum Licht trägt. Ein Ja zum Leben. Eine Freude und eine Hoffnung, die ich nie aufgegeben habe.

Wenn ich es recht bedenke, gibt mir dies die Kraft, Tag für Tag weiterzuleben und die Einschränkungen hier am Institut zu ertragen."

„Du hast einen Traum, Siegfried."

„Ja, den habe ich."

„Wie jener amerikanische Baptistenprediger, den sie erschossen haben."

„Einen Traum von Freiheit. Von der Abschaffung aller Trennungen und Mauern. Von der Abschaffung aller Sklaverei."

„Menschen sind in so vielen Ketten gefangen, in selbstgemachten, von anderen gemachten, in kollektiven und in ganz individuellen."

Wenn Thelonious so redet, geht es mir ans Herz. Ich habe Tränen in den Augen. Von den Kollegen am Institut versteht das niemand. Niemand erkennt, was für ein wertvoller

Mensch Thelonious ist. Ohne ihn würde ich es hier nicht aushalten.

Als es Zeit fürs Abendessen wird, verabschiede ich mich. Zwei Stunden haben wir geredet. Ich drücke ihm wortlos die Hand. Draußen auf dem Flur begegnet mir eine dieser penetranten Hausdienerinnen und lächelt mir zu.

„Na, hatten Sie wieder Ihren Teenachmittag, Herr Aschenbach?"

„Herr *Professor* Aschenbach", weise ich sie zurecht. „Soviel Anstand muss sein."

Aber sie lacht nur und eilt den Gang entlang, die Gummisohlen ihrer Schuhe quietschen.

Wie ich dieses Geräusch hasse!


Guinea. Ein reiches Land. Elfenbeinküste, Goldküste, Sklavenküste. Es gibt keinen europäischen Handelsposten; die Schiffe geben Signal, wenn sie mit den Einheimischen Handel treiben wollen. Oft werden Einheimische, die an Bord kommen, verschleppt oder nur gegen Lösegeld freigelassen. Die Einheimischen sind misstrauisch geworden und scheu. Aber das Land ist reich: die Erde fruchtbar, es gedeihen Reis und Wurzeln und Knollen, Indigo und Baumwolle, und baute man Tabak an, wäre er exquisit. Fisch gibt es in Überfülle, die Herden wachsen ständig, die Bäume sind schwer behangen von Früchten. Sie fertigen dort ein Baumwolltuch, das an der ganzen Küste gefragt ist. Die Einheimischen sind ein friedliches Volk, das selten Krieg gegeneinander führt. Sie sind freundlich, empfindsam, mutig und als faire Händler bekannt. Der Sklavenhandel und die Überfälle der Europäer beginnen jedoch, ihren Charakter zu verändern. Besonders die Gier nach Gold bringt Unheil über diese fruchtbare Küste.

Sie handeln mit Früchten der Erde: Hirse, Jamswurzeln, Süßkartoffeln, Palmöl und Palmwein. Elfenbein, Baumwolle, Goldstaub. Im Landesinneren, in den Bergen, liegen die Minen, und die Träger der Stoßzähne wandeln majestätisch über die Savannen. Häuptlinge herrschen in kleinen Stammestümern über das Land, kleine Königreiche weise regiert von grauhaarigen Alten. Kreuzt in den warmen Winden des Atlantiks, Seemänner! Lasst die Galeonen auflaufen, sendet Schiffe nach dem herrlichen Land, kostet die Süße des Reichtums ferner Länder! Es lebe der König!

*Sestro, den 29. Dezember. Kein Geschäft heute, obwohl viele Händler an Bord kamen. Sie sagten uns, ihre Leute würden einen Krieg im Landesinneren beginnen und genug Gefangene in zwei oder drei Tagen bringen. In der Hoffnung darauf bleiben wir.*

*Der 30. Dezember. Noch kein Geschäft. Aber Händler kamen heute an Bord und teilten uns mit, dass ihre Leute vier Dörfer ihrer Gegner niedergebrannt hätten, sodass wir morgen Sklaven erwarten könnten. Ein weiteres Schiff ist in die Bucht eingelaufen. Gestern kam ein großer Londoner an.*

*Der 31. Dezember. Gutes Wetter, aber noch immer kein Geschäft. Jede Nacht sehen wir nun Dörfer brennen, aber wir haben gehört, dass viele von den Sestro-Leuten von den Negern aus dem Inland getötet wurden. Wir befürchten, dieser Krieg werde ohne Erfolg bleiben.*

*Der 2. Januar. Letzte Nacht sahen wir ein riesiges Feuer ausbrechen gegen elf Uhr, und am Morgen war das Dorf der Sestro niedergebrannt. Es bestand aus hunderten von Häusern. Wir denken, dass ihre Feinden ihnen im Moment überlegen sind und unser Geschäft demzufolge nicht zustande kommen wird. So lichteten wir um sieben Uhr den Anker. Ebenso verfuhren die anderen drei Schiffe, um die Küste weiter hinabzusegeln.*

Captain Philipp auf der *HMS Liverpool*, vierhundertfünfzig Tonnen für Elefantenzähne, Gold und Sklaven. Siebenhundert haben sie gefangen, an Bord gebracht in Eisen geschlagen je zu zweien, mit Ziel Barbados. Viele ertragen es nicht, ihre Heimat zu verlieren. Sie springen ins Wasser und bleiben untergetaucht, bis sie ertrinken. Viele hungern sich zu Tode. Manchen werden Arme und Beine abgehauen, um die Anderen zur Räson zu bringen. Von den siebenhundert Sklaven erreichen nur vierhundertachtzig lebend Barbados.

Die Malinke in Westafrika. Trommelrhythmen, mit Ziegenfell bespannt, ausgehöhlt aus einem Baumstamm. *Djembé*. Manche höher, manche tiefer gestimmt, Basstrommeln geben den Grundrhythmus. Den *Kuku* singen die Frauen in einem Kreistanz, wenn die Männer vom Fischen zurückkehren. Ursprünglich spielte nur eine tiefgestimmte und eine große Solo-Djembé; später entwickelte sich die Bassstimme dazu. Ohne Schlegel und Stock, mit der bloßen Hand geschlagen, viele Töne und Zwischentöne, ein Chor aus Schlägen, aus Tönen, aus Dschungellauten, aus Windstößen, aus dem Getrommel des Regens und dem Gepolter der Steine, ein Tanz, ein Reigen, ein Gebet, eine Beschwörung. Trommelt uns in die Fruchtbarkeit der Erde hinein! Betrommelt den Himmel, dass er Regen gibt, und das Meer, dass es Fische schenkt! *Langina bee, ee ewontang, jaga langina bee, o ma la guinee borima!* Friede uns allen! Friede den Menschen von Guinea!

Mit dem Dossier komme ich gut voran. Zuerst habe ich die geografischen Daten aufgeführt, dann einen Abriss über die Landschaft und das Relief geschrieben; ein Bericht über Bodenschätze, Wirtschaftsformen und Handelsbeziehungen wird folgen. Im Moment bin ich bei der Geschichte Guineas. Mir fehlen Fachbücher, ganz klar. Das Internet gibt nicht sehr viel her dazu. Aber die Bibliothek des Instituts ist bis auf Weiteres geschlossen, sagt der Professor, wegen Umbauarbeiten. Das ist für ein Institut dieses Ranges ein unhaltbarer Zustand, und im Scherz frage ich ihn, ob ich vielleicht auf die hiesige Stadtbibliothek zurückgreifen soll. Ja, meint er, das wäre eine Idee. Ob ich mir einen Stadtgang allein zutraue?

Seltsame Frage. Statt zu antworten, bin ich gleich am nächsten Tag hingegangen und habe tatsächlich einige der wichtigsten Bücher bekommen. Ich habe noch einen Ausweis von früher, bevor ich am Institut anfing.

Ich denke, er wird mit dem Dossier zufrieden sein können, und hoffe, dass dem Kollegen, der es anforderte, damit gedient sein wird.

Nach Lissabon könnte ich fliegen. Oder nach Porto. Flugtickets sind billiger als Bahntickets. Im Hafen könnte ich mich dann erkundigen, wann ein Schiff auslaufen würde zur Goldküste.

Bald, denke ich ruhig, bald. Das Institut und das alte Europa liegen hinter mir, ein neues Leben beginnt. Ein großer Tag, aber unscheinbar. Halsschmerzen, der Stoff des Tropenanzugs juckt auf der Haut, Sodbrennen vom ungewohnten Frühstück. Nichts von Größe, aber die Stille der Entschlossenheit. So ein Tag tut gut. So ein Tag ist unabdingbar. Hinterm Horizont wartet die ferne Küste von Guinea auf mich.

Anfangs habe ich mich schon gewundert, als ich gebeten wurde, Logis im Institut zu nehmen. Das war für einen Geografen doch ungewöhnlich. Aber mittlerweile empfinde ich es als ganz praktisch, denn ich bin jederzeit abrufbereit, wenn sich meine Fähigkeiten und Kenntnisse als notwendig erweisen sollten. Nur deshalb habe ich die beengten Verhältnisse hier, das schlechte Essen, das zudringliche Hauspersonal, den Zwang zur Gemeinschaft und die Banausenhaftigkeit der Kollegen in Kauf genommen. Aber das brauche ich nun ja nicht mehr lange zu ertragen.

Was mich stört, ist die fehlende Möglichkeit, sich tagsüber eine Tasse Tee selbst zu kochen. Es gibt keine Teeküche oder Ähnliches. Nur um vier gibt es Kaffee und Kuchen und für den, der mag, auch Tee. Ordinären Beuteltee, der sich mit dem, was Thelonious mir anbietet bei unseren gemeinsamen Treffen, nicht vergleichen lässt. Noch dazu immer mit dem gesamten Kollegium gemeinsam; es gibt keine Möglichkeit, auf seinem Zimmer zu bleiben und die Teestunde in Ruhe und Frieden zu begehen.

So habe ich bei der nächsten Vollversammlung, bei der merkwürdigerweise das Hauspersonal auch anwesend ist, Professor Kühne und den anderen vom Vorstand den Vorschlag unterbreitet, eine kleine Teeküche einzurichten; ich nahm an, ich sei nicht der Einzige, der tagsüber eine gute Tasse Tee oder Kaffee genießen möchte. Aber es hat sich wieder einmal gezeigt, was für Banausen die Kollegen sind.

Einige haben über meinen Vorschlag gelacht, das Hauspersonal hat belustigt gelächelt, und die große Mehrzahl der Kollegen – die „meine" zu nennen ich mich scheue – hat nur in ihrer dumpfen Lethargie vor sich hin gebrütet, ohne mir irgendwelche Unterstützung angedeihen zu lassen.

Dennoch hatte der Vorstand ein Einsehen und bewilligte für mich persönlich einen Teekocher für mein Zimmer, auf dem ich mir das Wasser für einen Tee zubereiten könnte, wann immer ich wollte. Den Tee, erlesenere Sorten als zur nachmittäglichen Kaffeetafel, sollte ich allerdings selbst einkaufen und die Kosten von meinem Ruhesalär bestreiten. Eine Hausdienerin lächelte amüsiert und sprach spöttisch von meinem „Taschengeld".

Damit hat sie nicht unrecht, das Ruhesalär erlaubt mir keine großen Sprünge, auch wenn es mir an nichts fehlt, und es ist wirklich nicht mehr als ein Taschengeld.

Nun steht also ein Teekocher in meinem

Zimmer; Wasser hole ich aus meiner Nasszelle, und ich habe mir ein Vergnügen daraus gemacht, in die Stadt zu gehen und in einem Teefachgeschäft einige Tüten losen Tees zu besorgen, der nun bereit steht, wann immer mich danach gelüstet. Einen feinen Keemun aus China; einen milden Nachtschattentee aus Japan; zwei Sorten Darjeeling, erste und zweite Ernte, und ein Päckchen Earl Grey.

Gleich am nächsten Tag habe ich den Kocher eingeweiht und mir ein Ritual zurechtgelegt, mit dem ich nun zweimal täglich meine persönliche Teestunde begehen will. Sofern ich nicht bei Thelonious eingeladen bin. Eine Tasse habe ich noch aus meinem persönlichen Besitz, eine Tasse aus feinstem englischen Bone China mit Untertasse.

Verwunderlich finde ich aber nun Professor Kühnes Reaktion auf eine erste Lesart meines Dossiers. Er bewundere die Fachkenntnis und die gründliche Recherche, die man diesem Elaborat anmerke, aber er vermisse persönliche Erfahrungen und Vorstellungen darin. Er habe sich erhofft, ich werde in diesem Dossier über meine Beweggründe schreiben, weshalb ich nach Guinea reisen will, oder zumindest darüber, welche Vorstellungen, Leitbilder, Erwartungen ich damit verknüpfe, ja, er hat sogar das Wort „Träume" verwendet.

Das ist nun aber, finde ich, kein Stoff für ein

geografisches Dossier. Das sind intime Dinge, die nicht in ein Sachdokument gehören.

Er widersprach und meinte, es sei ihm aber wichtig, von solchen Dingen zu erfahren, und ob ich nicht, statt den Sachteil weiter auszubauen, einen Abschnitt über meine persönlichen Ansichten einfügen könne.

Sei dem, wie es wolle: Ich werde darüber nachdenken.


Thelonious' Kabinett zeigt mir die Welt. Ich besuche ihn und fühle mich wie immer sehr wohl bei ihm. Vor dem Fenster sieht man die Palmen und das Gewirr der Dächer des Tempelviertels, der Lärm der Straße dringt entfernt herein, eine schwere, feuchte Luft hängt draußen, es ist kurz vor Beginn des Monsuns und die Schwüle beinahe unerträglich. An der Decke dreht sich ein Holzventilator, und die unvermeidlichen Geckos sitzen an der Decke und jagen Moskitos.

Statt Tee hat Thelonious uns einen Whisky mit warmer Butter gemacht und bietet dazu, auf einem Teller feinsten Porzellans, Thunfischsandwiches an, saubere weiße Dreiecke mit abgeschnittenen Kanten. Wir sehen einem der üppigen Diners im Speisesaal entgegen mit köstlichen Gerichten der exotischen indischen Küche und nutzen die Zeit davor zu einem erbaulichen Gespräch.

Neulich haben wir über Standpunkte und Weltinterpretation gesprochen, und heute führen wir das Thema fort in einer kritischen Betrachtung der Naturwissenschaften.

Thelonious vertritt den Standpunkt, dass die Naturwissenschaft sich ihre eigene Welt schafft. Theorien befragen die Wirklichkeit auf ganz bestimmte Merkmale hin, die sich naturwissenschaftlich erheben lassen, und auf keine anderen. Die Wirklichkeit antwortet entsprechend, zeigt sich aber nie in ihrer ganzen Fülle und Vielschichtigkeit. So schafft sich die Naturwissenschaft ihre eigene Wirklichkeit, den Gegenstand ihrer Untersuchungen, selbst. Sie definiert das Wirkliche als den physikalischen Körper mit physikalischen Eigenschaften und legt damit gerade jene Methode als die einzige Zugangsweise zur Wirklichkeit fest.

Das finde ich überaus interessant. Denn nun ist mir endlich klar, was mich an der begrenzten Sichtweise der Naturwissenschaften immer gestört hat. Beide kommen wir überein, dass die Gefahr besteht, eine methodologische Definition zu einer Weltanschauung zu machen und den wissenschaftlichen Zugang zur Realität als den einzig angemessenen, als den wahren hinzustellen. Aus Wissenschaft wird Weltbild und Ideologie.

Es kommt in der Forschung wie im täglichen

Leben also besonders darauf an, welche Haltung ein Mensch gegenüber der Wirklichkeit einnimmt. Fest steht, dass er sich immer ein eigenes Bild von der Welt schafft. Die Umdeutung der komplexen Wirklichkeit in eine selbstdefinierte Realität ist dabei erkenntnistheoretisch unumgänglich, zugleich aber prekär, denn die Grenze zum Wahn, zum Entwerfen einer selbstgemachten Wirklichkeit, verschwimmt. Worin unterscheidet sich ein Wahnsinniger, der in seinem eigenen Fantasiegebilde lebt, von einem Wissenschaftler, der die Welt nur durch die eng definierten Gesetze seiner Wissenschaft sieht?

Am Ende unseres Gesprächs bin ich tatsächlich ein wenig verwirrt. Die von mir bisher für unüberschreitbar gehaltenen Grenzen zwischen empirischer Realität und interpretierter, ja wahnhafter Wirklichkeit würden ja dahinfallen, und keiner könnte letztlich hieb- und stichfeste Argumente für die eine oder die andere Weltsicht anführen.

Wenn alles von der inneren Haltung abhängt, mit der einer die Welt betrachtet – wer bewahrt einen dann vor dem Wahn? Vor dem Irrtum? Vor Verblendung und Lüge?

Das stimmt mich sehr nachdenklich.

Thelonious merkt es und bringt das Gespräch auf Anderes. Er fragt mich nach Guinea und erzählt mir interessante Dinge über die

Guinee, die englische Goldmünze, die später von dem Sovereign abgelöst wurde und zu Umlaufzeiten den Nennwert von über einem Pfund Sterling hatte. Tatsächlich betrug ihr Wert einundzwanzigeinhalb Schilling, während ein Pfund mit zwanzig Schilling angegeben wurde.

Sie war die erste maschinell hergestellte Münze in England und wurde zwischen der Mitte des siebzehnten und dem Anfang des neunzehnten Jahrhunderts geprägt. Im Umlauf war sie länger, weil sie als aristokratisches Zahlungsmittel galt. Besonders Automobile wurden in Guineen gepreist, weil der Preis gegenüber dem Pfund scheinbar niedriger ausfiel.

Er beugt sich vor und holt aus einem Fach seines Schreibtischs eine kleine Schachtel, in der er eine dieser Münzen verwahrt.

Im wattigen Polster, umgeben von schwarzem Samt, liegt das feine Stück, sein Alter kaum glaublich.

Das Gold glänzt nicht wie poliert, dazu ist sie durch zu viele Hände gegangen. Aber der stille, milde Glanz des Goldes, die nachdrückliche Leuchtkraft, der balsamische Schein dieses Geldstücks schlagen mich sofort in den Bann.

Auf der einen Seite sieht man ein gekröntes Lockenhaupt mit der Inschrift *Georgius II. Dei Grata,* auf der Rückseite ein fein ziseliertes Wappen. Ihr gekerbter Rand und die leichte Erhabenheit des Kranzes machen sie griffig und handfest. Ein gutes Gefühl, sie in der Hand zu halten. Ein rundum gediegenes und befriedigendes Zahlungsmittel. Gern würde ich mehrere von ihnen in der Handfläche sammeln, ihr Goldgewicht wägen und sie übereinander reiben lassen, um den Klang des Geldes aus ihnen herauszukitzeln.

Thelonious beschämt mich tief, als er mir die Guinee schenkt, samt Etui. Ich solle sie gut verwahren und als Glücksbringer verwenden, damit meine Reise nach Guinea erfolgreich sein werde. Ganz sicher, sage ich und weide mich am Anblick der Münze. Ihr Gold macht mich schon jetzt heiter, und das Flair, das um sie ist, stimmt mich zuversichtlich ein auf das Ziel meiner Träume.

Ich schließe fest die Hand darum, spüre die Härte und Unnachgiebigkeit des Metalls, und sie wird mir zum Sinnbild für die Anstrengungen und die Entschlossenheit meines Weges.

Ich trage sie oft bei mir, zeige sie aber niemandem. Die Banausen würden ihren wahren Wert nur verkennen.


Heute ist wieder der erste Montag im Monat. Es hat sich Besuch angekündigt, meine angebliche Familie will mich sehen. Aber ich habe keine Familie. Meine Eltern sind beide tot, geheiratet habe ich nie und Kinder habe ich auch keine in die Welt gesetzt. Und selbst wenn die fremden Leute, die sich als meine Familie ausgeben, wirklich Verwandte wären, frage ich mich, wie sie darauf kommen, mich in meiner Berufsausübung in einem Geografischen Institut zu besuchen. Was wollen sie von mir? Was treibt sie dazu?

Ich bin überzeugt, diese Leute glauben selbst daran. Der eine, ein junger Mann, der eigentlich einen vernünftigen Eindruck macht, nennt mich Vater und hat sich beim ersten Mal erdreistet, meine Hand zu halten. Das habe ich mir energisch verbeten. Anfangs habe ich die Besuche über mich ergehen lassen und meinerseits versucht, diesen Menschen klarzumachen, dass sie in einem Irrtum befangen sind. Dann glaubte ich, sie seien Hochstapler und spännen diese Lüge, um irgendeinen Schwindel voranzutreiben. Mittlerweile gehe ich davon aus, dass sie arme Zeitgenossen sind, die sich in eine fixe Idee verrannt haben und in einem Wahn leben, dass sie sich eine Wirklichkeit zurechtgemacht haben, in der sie sich wohlfühlen.

Es ist nicht so, dass mich das nicht rührte, ich bin kein herzloser Mensch, aber die Besuche sind mir lästig. Weshalb sollte ich sie auf mich nehmen? Ich habe genug andere Dinge zu tun, und ich verstehe nicht, weshalb Professor Kühne sie nicht entschiedener abweist. Ihm obliegt doch der Schutz seiner Mitarbeiter.

Manchmal also habe ich mich dazu herbeigelassen, mir die Geschichte anzuhören, die sie zu erzählen haben, eine Familiengeschichte, in der ich als Mitglied vorkommen soll. Es war eine traurige, hoffnungslose Geschichte. Eine der zahllosen Geschichten menschlichen Elends und Jammers, wie sie sich allenthalben auf diesem Planeten abspielen. Von einer trostlosen Kindheit und Jugend wurde da berichtet, von einem tragischen Unglücksfall, von psychischer Instabilität und Traumata, bis ich schließlich einschritt und sie zum Schweigen brachte.

Ich kann mir solche Geschichte nicht unbegrenzt anhören, vor allem nicht, wenn man mich selbst darin verwickeln will. Ich brauche mir das auch nicht anzuhören. Ich habe meine geistigen Kräfte und meine geistige Gesundheit selbst zu bewahren und zusammenzuhalten; ich muss eine gewisse Hygiene im Geist pflegen und habe deshalb das Recht, mich gegen solchen Impetus zu wehren. Deshalb habe ich Professor Kühne angewiesen, diese Menschen nicht mehr zu mir vorzulassen. Doch jedesmal neu kündigt er mir deren Besuch an, und jedesmal neu mache ich ihm klar, dass ich keinen Besuch will. Das immerhin akzeptiert er ohne Widerspruch.

Obwohl ich sie also nicht mehr zu Gesicht bekomme, belastet mich das Schicksal dieser Menschen doch. Es ist, gelinde gesagt, eine Biografie zum Steinerweichen, die sie mir da von ihrem angeblichen Vater präsentieren, und wenn ich nicht energische Grenzen ziehen würde, würde mich mein Mitgefühl in einen Abgrund aus Sentiment und Verzweiflung stürzen. Das kann ich mir nicht leisten. Ich bin ein empathischer Mensch, und ihre Geschichte ist so suggestiv, dass ich sicher bald anfangen würde, mich insgeheim mit dieser Person, die sie da schildern, zu identifizieren. Eine psychische Belastung, die meine Arbeitsfähigkeit hier am Institut sehr beeinträchtigen würde.

Ich verbringe den Nachmittag bei Thelonious, der mir seine Masken zeigt.

Einer vom Hauspersonal kommt unangemeldet in mein Zimmer und überrascht mich dabei, wie ich die Guinee in der Hand halte, die Thelonious mir geschenkt hat. Er beugt sich neugierig her, ich schaue ihn empört an ob dieser Impertinenz, aber er scheint die Unangemessenheit seines Verhaltens nicht zu bemerken.

„Schöne Medaille", sagt er. „Ein Spielzeug, nicht wahr?"

Solches Banausentum macht mich immer wieder fassungslos.

„Das ist reines Gold, guter Mann", entgegne ich ihm.

„Das ist Blech, Herr Aschenbach, weiter nichts", insistiert er. „Eine Polizeimarke für

Kinder. Das sieht man doch."

Ich verdrehe die Augen und sehe mich einmal mehr in der Notwendigkeit bestätigt, meine Schätze vor dem Personal zu verbergen.

Ich setze an, ihm zu erklären, was eine Guinee ist, aber fröhlich pfeifend hört mir der Mann gar nicht zu.

Er ist ein Schwarzer, und zum ersten Mal geht mir auf, dass sie hier am Institut Farbige beschäftigen in niederen Stellungen. Offiziell gibt es natürlich hier keine Rassendiskriminierung, aber mich würde schon interessieren, unter welchen Umständen dieser Mann hier beschäftigt wird. Sklaverei kennt viele subtile Formen. Ich nehme mir vor, einmal Professor Kühne darauf anzusprechen.

Ich breche meine Erklärungen ab und lasse mir stattdessen den Namen des Mannes geben. Edgar Mbabe heißt er. Ein deutscher Vorname. Sicher Kind von Migranten.

„Woher kommen Sie denn?", frage ich ihn neugierig.

„Aus Berlin", sagt er.

„Nein, ich meine, woher ihre Eltern stammen."

„Auch aus Berlin. Wir leben schon seit drei Generationen in Deutschland."

„Ihre Großeltern kamen also nach Deutschland?"

„Ja."

„Und woher?"

„Aus Westafrika."

„Und woher da?"

Er schaut mich seltsam an und überlegt wohl, ob er die Frage beantworten soll. Er scheint sich nicht im Klaren darüber zu sein, was ich mit dieser Fragerei bezwecke.

„Ich bin Professor der Geografie hier am Institut", erkläre ich ihm. „Ich beschäftige mich gerade intensiv mit Guinea. Deshalb hätte es mich interessiert, ob Sie vielleicht ..."

„Ach so, Sie sind Professor", sagt er. Diese Erkenntnis scheint ihn zu verunsichern. Schlagartig ändert sich sein Verhalten. Er lächelt zurückhaltend und beeilt sich zu erledigen, was er in meinem Zimmer zu erledigen hat. Er bringt mir meine Malariamedizin.

Als ich die Tabletten geschluckt habe, nimmt er das Tablett und wendet sich zum Gehen.

„Meine Familie stammt aus Gambia", sagt er schließlich.

„Ah ja."

„Auf Wiedersehen, Herr Professor."

Ein netter Mann. Gerne würde ich mich mit ihm über die Migration in seiner Familie unterhalten und darüber, ob er sich hier am Institut diskriminiert oder ausgebeutet fühlt. Meine Sympathie gilt und galt schon immer den Geknechteten, den Gefangenen, den in Fesseln Geschlagenen. Wo es einen Weg in die Freiheit gibt, bin ich bereit, ihn zu erkämpfen. Für andere genauso wie für mich selbst.

Ich fühle mich wohl hier am Institut. Es ist eine Welt für sich, eine kleine Welt, die abgeschottet von der großen für sich existiert. Ich mag die Atmosphäre der Gelehrsamkeit, die hier herrscht, die weiten Flure, die Holzvertäfelung überall, die hohen Zimmer, die Säle und Studierstuben, die Wände voller Bücherregale, die Bibliothek – wenn sie einmal wieder geöffnet sein wird – und all die Kollegen um mich her, die den Studien zu ihrem Spezialgebiet nachgehen.

Obwohl es mich immer noch drängt, von der Welt da draußen mehr zu wissen, als ich bisher weiß, tut mir die Abgeschiedenheit und Zurückgezogenheit hier gut. Es ist ein wenig so, als hätte die Welt sich hierher zurückgezogen, in dieses altehrwürdige Gebäude, und ließe sich – dieses seltsame, verschrobene und wimmelnd bunte Gebilde – in aller Ruhe studieren.

Als ich noch jünger war, zwischen zwanzig und dreißig, war ich viel auf Reisen, lernte ferne Länder und fremde Kulturen kennen und konnte mir nicht vorstellen, einmal sesshaft zu werden und nicht mehr zu reisen. Mittlerweile bin ich doch ruhiger geworden und habe ein wenig Abstand zur Rastlosigkeit des Reisens gewonnen.

Ich bringe hier meine stillen Tage zu, habe ein Andenken aus den Tropen mitgebracht – meine Malaria – und bereite mich auf die letzte große Reise vor, die ich in meinem Leben unternehmen werde. Guinea ist mir zum letzten Ziel geworden, das merke ich, je länger ich den Plan mit mir herumtrage.

Nein, im Augenblick wollte ich nirgends anders sein.

Vielleicht bin ich auch mit dem Alter ein wenig ängstlicher geworden. Ich stelle fest, dass ich immer empfänglicher werde für Augenblicke der Geborgenheit und Sicherheit, dass vertraute Verhältnisse und alte Gewohnheiten mir Halt geben und dass ich die Umstände hier am Institut, trotz des schlechten Essens und der banausigen Kollegen, liebgewonnen habe.

Ich werde dieses Institut nur für Eines verlassen, das weiß ich: für die Reise nach Guinea.


Heute Nacht besuchen mich die Schwarzen Engel wieder.

Sie waren lange nicht mehr da.

Ich spüre ihre Anwesenheit, bevor ich sie sehe. Sie treten aus dem Dunkel der Nacht hervor, versammeln sich um mein Bett. Schwarze Gestalten mit grässlichen Fratzen, glühenden Augen und Mündern voller Reißzähne, aus denen der Geifer tropft. Sie entfalten ihre Schwingen, es raschelt wie von Fledermäusen, und das letzte Licht erlöscht.

Sie sprechen kein Wort. Ich weiß, was sie wollen. Sie wollen mich quälen. Sie suchen mich heim, sie laben sich an Angst und Schmerz.

Sie rücken näher, ich halte mich an der Bettdecke fest. Lange habe ich das nicht mehr erlebt, ich habe vergessen, was man mir gesagt hat, was ich tun soll.

Einer schlägt seine Klauen in mein Bein und versucht, mich aus dem Bett zu zerren. Wenn sie mich erst einmal aus dem Bett geholt haben, bin ich verloren. Ich kämpfe dagegen, reiße die Klaue aus meinem Fleisch, es blutet. Einer setzt sich auf meine Brust, ein tonnenschweres Gewicht, ich bekomme keine Luft mehr. Ich bäume mich auf.

Ich habe entsetzliche Angst. Sie bringen diese Angst mit, sie selbst sind die Angst.

Wir kämpfen stumm. Nur das Rascheln ihrer Flügel und leise, ächzende Geräusche aus ihren Fratzen, mit denen sie mich höhnisch anblecken.

Ich halte es nicht mehr aus. Ich schreie.

Alles ist voller Blut. Niemand hört mich.

Ich bin allein in diesem Gebäude. Ich bin in ihrem Revier. Sie haben leichtes Spiel mit mir. Erst jetzt erkenne ich, wie entsetzlich allein ich bin. Ich habe es selbst so gewollt. Ich habe versäumt, Kontakte zu Menschen zu pflegen. Das rächt sich jetzt.

Ich schreie um Hilfe.

Ich kann sie nicht ertragen, ihre furchtbaren Gesichter, ihre scharfe Luft des Todes, ihre Beklemmung aus Schrecken und Verzweiflung.

Das Licht geht an.

Jemand kommt und spricht mit mir.

Sieht er nicht, wie ich kämpfe? Sieht er nicht die Wunden, die sie mir geschlagen haben?

Ich weiß, dass außer mir sie niemand sehen kann.

Der Mensch spricht beruhigend mit mir.

Dann kommen weitere.

Jemand gibt mir eine Spritze, ich spüre nichts, die Schwarzen Engel treten zurück, versammeln sich in einer Ecke des Raums, beobachten mich.

Ich werde ruhiger, aber sie verschwinden nicht.

Dann schlafe ich ein.


Am nächsten Morgen gehe ich zum Mittagessen. Ich habe lange geschlafen, traumlos. In den Ecken stehen sie, unsichtbar für jeden außer für mich. Sie behalten mich im Auge. Sie warten auf ihre Gelegenheit.

Als ich in Begleitung des Personals durch die Flure des Instituts gehe, sehe ich sie überall, still, geduldig, drohende Schatten.

Vom nächtlichen Kampf habe ich Striemen und Schnitte davongetragen, schorfige Stigmata, die mir jeder ansehen muss.

Ich bin hier nicht sicher.

Beim Essen sitze ich allein. Nur der schwarze Engel steht oben bei der Essensausgabe und beobachtet mich.

Ich esse hastig, schlinge alles hinunter. Dann erbreche ich auf den Teller. Ein stiller, natürlicher Vorgang. Ich sehe alles vor mir und frage mich, wozu das Ganze?

Der Schwarze Engel schwebt vor mir, durch die Tischplatte hindurch, und blickt mich an. Ein zwingender Blick.

Ich gehorche.

Ich nehme den Löffel und löffle das Erbrochene vom Teller.

Jemand reißt meinen Arm weg.

„Aber was machen Sie denn, Herr Aschenbach?"

Eine Frau im weißen Kittel steht neben mir und schaut mich wütend an.

Ich blicke hoch, sehe in ihre Augen. Ich sehe Hilfe darin. Dankbar lächle ich.

„Er hat mich dazu gezwungen", sage ich.

Ihr Gesichtsausdruck verändert sich. Eine Milde liegt nun darin.

„Sie müssen nicht tun, was er sagt", meint sie. Dann trägt sie meinen Teller weg und nimmt mich an der Hand.

Es geht mir besser. Die Schatten sind verschwunden. Man hat mir neue Medikamente gegeben, gegen Malaria, denn die alten haben offensichtlich nichts genützt.

Es war ein Rückfall, das weiß ich jetzt. Diese alte Malariasache, die ich mir damals in Batavia auf der Gummiplantage zugezogen habe. Jahrelang kann sie schlummern, und plötzlich bricht sie aus. Ich habe gedacht, ich sei geheilt, aber das hat sich als Täuschung erwiesen.

Professor Kühne will mit mir sprechen. Ich befürchte, er wird diesen Malariaanfall zum Anlass nehmen, meine Tauglichkeit für weitere Reisen in Zweifel zu ziehen. Guinea könnte ich dann für eine lange Zeit vergessen. Ich werde ihm die Sachlage erklären.

Als ich eintrete, ist es seltsam hell und kahl in seinem Zimmer. Eine Kühle herrscht wie bisher nie in diesem Raum. Ich weiß nicht, woher das rührt.

Er setzt sich mir gegenüber in einen der Stühle, die um einen kleinen Tisch gruppiert sind. Für dieses Gespräch hätte ich gern eine kleine Stärkung, eine Tasse Tee wäre nicht schlecht, aber er bietet mir nichts an.

Stattdessen blickt er mir in die Augen.

„Sie wissen, Herr Aschenbach, was passiert ist, oder?"

„Was meinen Sie?" Ich stelle mich am besten dumm.

„Sie hatten wieder Besuch von den Schwarzen Engeln."

„Woher wissen Sie ... ?"

Er winkt ab.

„Das ist seit langer Zeit wieder ein Rückfall. Wir dachten eigentlich, wir hätten die Sache im Griff."

„Es ist eine heimtückische Krankheit", sage ich, „diese Malaria. Sie wissen ja, dass ich sie mir damals in Batavia eingefangen habe, auf der Gummiplantage meines Freundes ..."

Er schnauft laut und presst die Lippen aufeinander. Anscheinend kostet es ihn Mühe, ruhig zu bleiben.

„Wir reden hier nicht von einer Malaria, Herr Aschenbach", sagt er eindringlich.

„Nun ja, aber die Fieberanfälle", sage ich, „die Fantasien ..."

„Sie haben kein Fieber, Herr Aschenbach. Ihre Körpertemperatur ist völlig normal."

Wieso spricht er mich eigentlich nie mit meinem Titel an?, frage ich mich. Ich bin genauso Professor wie er.

„Sie haben keine Malaria, glauben Sie mir doch", sagt er nachdrücklich.

„Wieso soll ich Ihnen glauben, Herr Professor? Sie sind Leiter dieses Geografischen Instituts, kein Arzt."

Er schaut mich verblüfft an, dann denkt er nach.

„Doch", erwidert er schließlich. „Ich bin auch Arzt. Ich habe die ärztliche Aufsicht über das Wohl der Mitarbeiter an diesem Institut. Ich weiß, wovon ich rede."

Das ist mir neu. Ich frage ihn, wo er denn seine Ausbildung gemacht und wie er als so junger Mensch zwei Studien abschließen konnte, aber er geht nicht darauf ein.

„Die Schwarzen Engel", fährt er fort, „sind in Wirklichkeit nicht da. Sie erleben Sie als Realität, ich weiß, aber sie existieren nur in Ihrem Kopf. Wahngebilde, verstehen Sie?"

„Fieberfantasien", bestätige ich.

„Nein! Sie haben kein Fieber. Sie haben keine Malaria. Sie haben etwas Anderes, etwas in gewisser Hinsicht Schlimmeres."

„Und was sollte das sein?"

Er überlegt. Was gibt es da zu überlegen? Ist es etwas so Schlimmes, dass er es nicht sagen möchte? Dann hätte er nicht damit anfangen sollen.

„Meinen Sie Krebs?", frage ich.

„Nein, von Krebs bekommt man keine Halluzinationen. Wissen Sie was, Herr Aschenbach, am besten schauen Sie es sich selbst einmal an. Im Internet finden Sie sicher etwas darüber. Ich schlage Ihnen den ICD10 vor, ein Katalog, der alle erdenklichen Krankheiten enthält und systematisiert. Schauen Sie dort unter F20 bis 22 nach. Wir sind uns mit der Diagnose noch nicht sicher, das Krankheitsbild fluktuiert. Aber in diese Kategorie ordnen wir Ihre Beschwerden ein."

„Und was werde ich dort finden?" Nun macht er es aber spannend.

„Schauen Sie nach und sagen Sie mir, was Sie davon halten! Versprechen Sie mir, dass Sie darüber nachdenken und nicht gleich alles in Bausch und Bogen verwerfen!"

„Nun ja", sage ich. Das Ganze kommt mir etwas lächerlich vor. Warum kann er es nicht einfach sagen? Ich bin doch ein aufgeschlossener Mensch.

„Und ... diese Krankheit", fahre ich fort, „muss ich zu ihrer Behandlung in ein Krankenhaus?"

Er stutzt kurz, dann antwortet er: „Nein, Sie bleiben einstweilen bei uns. Ihr Zimmer können Sie auch behalten."

Jetzt bin ich erleichtert. Nur eine Sorge habe ich, und ich überlege, ob ich ihn darauf ansprechen soll. Normalerweise habe ich Vertrauen zu ihm, bisher schien er offen mir gegenüber gewesen zu sein.

„Diese Krankheit", sage ich, „wird Sie meine Reise nach Guinea nicht behindern?"

„Doch. Sie verunmöglicht sie sogar."

Ich erschrecke. „Soll das heißen, ich muss

zuerst gesund werden, bevor ich nach Guinea kann?"

„Ja. Mit dieser Krankheit würden Sie dort unten vor die Hunde gehen."

Das trifft mich hart. Wer weiß, bis wann so eine Krankheit ausgeheilt ist? Und meine Vorbereitungen? Ich denke ja immer noch, dass es diese vermaledeite Malaria ist, aber sei dem, wie es wolle: Ich muss zuvor gesund werden. So lässt mich kein Land einreisen. Und so könnte ich dort meine Pläne nicht verwirklichen: ein Leben in Freiheit.

„Und Sie glauben, Sie können mich heilen, Herr Professor?"

Er schaut mir in die Augen und lächelt.

„Wir werden unser Bestes tun, Herr Aschenbach. Aber Sie müssen Ihren Teil dazu beitragen. Sie müssen mit uns kooperieren. Und dazu gehört zunächst einmal, dass Sie Ihre Krankheit akzeptieren. Krankheitseinsicht ist der erste Schritt zur Heilung."

Darauf weiß ich nichts zu sagen. Ich merke, dass er heute gerne noch mehr besprochen hätte, aber er scheint mich schonen zu wollen. Ich werde das Gefühl nicht los, dass er mir irgendetwas verheimlicht. Irgendetwas, was das Institut und mein Hiersein betrifft. Das nächste Mal werde ich es ihm auf den Kopf hin zusagen. Dann muss er heraus mit der Wahrheit.

„Vielen Dank, Herr Professor", sage ich und

stehe auf.

Er nickt und beugt sich über die Notizen, die er sich während des Gesprächs gemacht hat.

„Wir sehen uns übermorgen wieder", sagt er.

„Ist das wirklich nötig?", frage ich. Ich habe schließlich noch andere Dinge zu tun, das Dossier etwa, das er überhaupt nicht erwähnt hat. Alles scheint sich nur um meine Malaria zu drehen; als ob so eine Krankheit einen ganzen Menschen bestimmen würde.

„Denken Sie daran, was ich gesagt habe: Sie müssen Ihren Teil dazu beitragen, wenn Sie gesund werden wollen. Denken Sie an Guinea!"

„Also schön."

Wir geben einander die Hand, er bringt mich zur Tür. Ein Hausdiener führt mich zu meinem Zimmer. Als ob ich nicht allein zurückfinden könnte. Ich bin ja nicht dement.


Ich habe im Internet nachgeschaut. Das ICD10 ist ein beeindruckendes Werk. Systematisch ist jede bekannte Krankheit aufgeführt. Sicher auch meine Form der Malaria. Aber was ich unter F20 bis 22 gefunden habe, ist reinweg lächerlich.

Ich weiß nicht, wo Professor Kühne seine medizinische Ausbildung genossen haben will, aber sie scheint nicht viel getaugt zu haben. Der Mann mag ein guter Institutsleiter sein, aber von den gesundheitlichen Belangen seiner Mitarbeiter versteht er rein gar nichts!

Da kommt mir der Verdacht, dass die neuen Medikamente, die mir verabreicht werden, gar keine Malariamedizin ist. Wenn er tatsächlich meine Beschwerden als diese F20 bis 22 einordnet, wird er mich auch danach behandeln. Und das heißt, dass ich gerade irgendwelche obskuren Medikamente schlucke, ohne zu wissen, was sie mit mir anstellen.

Ich muss ihn so bald wie möglich darauf ansprechen. Das geht nicht an. Bis dahin werde ich keine Tabletten mehr zu mir nehmen.


Das Hauspersonal untersteht sich nicht, renitent zu werden. Ich habe mich geweigert, die Tabletten zu nehmen mit der Begründung, dass ich berechtigte Zweifel hätte, dass es Malariamedikamente seien. Das traf natürlich auf kein Verständnis. Und jetzt habe ich wieder einen Gesprächstermin mit Professor Kühne.

Er sitzt diesmal an seinem Schreibtisch, ich sitze auf einem Stuhl davor wie ein Bittsteller. Mir gefällt das Ganze nicht. Immer noch wirkt sein Büro seltsam kalt und ausgesetzt; lässt die gewohnte Behaglichkeit vermissen, auch das Mobiliar kommt mir nüchterner und karger vor als die vielen Male zuvor.

Er schaut mich bekümmert an und fragt mich, wieso ich mich weigere, meine Medikamente zu nehmen. Ich erkläre ihm die Sachlage, und er seufzt.

„Sie wissen aber, dass Sie ohne Heilung nicht nach Guinea können", sagt er.

„Das klingt fast wie Erpressung", sage ich streitlustig. Ich bin nicht mehr bereit, alles hinzunehmen. Ich habe hier meine Stellung und meinen Platz; ich bin qualifizierter Mitarbeiter und Akademiker; ich habe mich auf Bitten dazu herbeigelassen, hier zu logieren und auf meinen Einsatz zu warten; und ich habe mittlerweile eigene Pläne. Das alles, finde ich, sollte sich in einem respektvollen Umgang mit mir niederschlagen. Stattdessen Bevormundungen und Verdächtigungen.

Ich erkläre ihm, dass ich seine angebliche Diagnose eine Frechheit finde und dass er meine Fieberfantasien mit Halluzinationen verwechsle, wie sie bei der von ihm benannten Krankheit auch vorkommen. Ich teile ihm meinen Verdacht mit, dass er mich heimlich mit Medikamenten zu manipulieren versuche, statt meine Malaria zu therapieren, und ich betone, dass ich mir eine solche Behandlung nicht weiter gefallen lasse.

Er schnauft durch die Nase, presst wieder die Lippen zusammen, und dann lässt er sich des Langen und Breiten über Paranoia aus, über Halluzination und Denkstörung und was weiß ich noch alles, ich höre ihm gar nicht zu. Immer wieder unterstreicht er die Notwendigkeit der Krankheitseinsicht, aber ich kann ihm da nicht zustimmen. Ich weiß, dass ich Malaria habe, und er weiß es auch. Er tut ja gerade so, als würde ich mir die Dinge in einem Wahn zurechtlegen, aus dem er mich befreien müsse.

Er redet über die Schwarzen Engel und insistiert darauf, dass das kein Inhalt einer Fieberfantasie sei, wogegen ich ihm auseinandersetze, dass dies durchaus der Fall sein könne. Ich erzähle ihm, dass ich damals in Batavia vor meinem ersten Fieberschub ein javanisches Puppentheater besucht habe. Das Erlebnis, in dem dichtgefüllten Raum, in dem es nach Kokosöl und Schweiß stank, mit der dämonischen Musik und dem Scheppern der Becken, den huschenden Schatten auf der grellen Leinwand und den bestialischen Fratzen der Scherenschnittpuppen, hatte tiefen Eindruck auf mich gemacht, und in der ersten Fiebernacht verfolgten mich die Bilder meines Erlebnisses vom Vortag. So hat sich meiner Ansicht nach die Dämonie der Fieberattacken dauerhaft mit den Krankheitssymptomen verbunden. Er hört sich das an, schüttelt aber den Kopf. Ich sei nie in Batavia gewesen, behauptet er dreist, bricht dann ab und schaut an mir vorbei auf einen Punkt an der Wand.

Wir kommen nicht weiter.

Es ist still im Raum. Eine Fliege surrt gegen

die Fensterscheibe. Von draußen fällt weißes Licht herein. Einen Augenblick lang meine ich, in der dämmrigen Ecke eine schwarze Gestalt stehen zu sehen, aber ich ignoriere es und schaue Professor Kühnes Händen zu, die nun eine Notiz in meine Akte machen.

„Also gut", sagt er und hat sich scheinbar wieder gefasst. „Wir kehren zurück zur Malariabehandlung. Hier haben wir ein neues Mittel, das ich bei Ihrem Fall gerne ausprobieren möchte. Gerade bei den hartnäckigen Fällen, die nach Jahren plötzliche Schübe auslösen können, hat es gute Ergebnisse gezeigt."

Ich lächle zufrieden.

„Und Ihre F20-Diagnose?", frage ich nach.

„Die bleibt eine Theorie, die ich noch nicht gänzlich aufgeben möchte. Ich werde Sie hin und wieder darauf ansprechen und werde mich auch mit ... dem Ärztegremium beraten.

In der Zwischenzeit möchte ich Sie bitten, die Möglichkeit der F20-Diagnose zumindest in Erwägung zu ziehen. Ich denke nach wie vor, dass Ihre Beschwerden sich mit der sicherlich vorhandenen Malaria nicht gänzlich erklären lassen.

Sollte ich rechthaben, bedeutet dies für Sie aber keine Veränderung. Sie haben weiterhin Ihren Platz bei uns, und Ihnen wie uns liegt weiterhin alles daran, Sie gesund zu machen, damit Sie ihre Reise nach Guinea antreten können."

„Woher sollte denn so eine Denkstörung kommen?", frage ich herausfordernd. „Das hätte doch eine Vorgeschichte, die auffällig gewesen wäre."

„Nicht unbedingt. Erste Anzeichen ließen sich in der Biografie sicher feststellen. Es wäre dann unsere Aufgabe, gemeinsam nachzuforschen und der Krankheit auf die Spur zu kommen. Aber in Ihrem Fall ist der Auslöser zumindest bekannt."

„Nun", räume ich ein, „ich kann es mir ja durch den Kopf gehen lassen."

„Ich würde Sie gerne zu einem ... Gesprächskreis einladen, einmal wöchentlich, in dem Kollegen, die Ähnliches erleiden wie Sie, Ihre Erfahrungen austauschen. Setzen Sie sich dazu, Sie müssen nichts sagen und auch nichts preisgeben. Aber es könnte hilfreich für Sie sein, Berichte von ähnlichen Beschwerden zu hören und sich in dem Einen oder Anderen vielleicht wiederzufinden."

Ich runzle die Stirn.

„Ich weiß nicht", erwidere ich. „Wissen Sie, ich habe meine Zeit auch nicht gestohlen. Ich habe ein Dossier zu schreiben, und meine Reise nach Guinea zu planen, auch werde ich immer wieder um Vorträge und Kolloquien gebeten ..."

„Das verstehe ich alles, Herr Professor Aschenbach", sagt er verbindlich, „aber Ihr Dossier ist offiziell zurückgestellt, bis wir das mit Ihrer Krankheit geklärt haben, und an eine Reise nach Guinea ist auf längere Sicht nicht zu denken. Sie werden also in der Lage sein, sich zeitliche Kapazitäten zu verschaffen. Ich bitte Sie darum, diesen Gesprächskreis zu besuchen."

„Ist das eine Anweisung?"

„Ja."

So dienstlich ist er mir noch nie gekommen. Ich denke mir, wenn er eigens den Vorgesetzten herauskehrt, muss es ihm wirklich wichtig sein.

„Also gut", lenke ich ein. „Ich werde zu diesem Gesprächskreis gehen. Wenn ich auch den Sinn dahinter nicht recht zu erkennen vermag."

„Dienstags von zehn bis zwölf am Vormittag, Raum römisch zwölf. Ich werde Frau Doktor Niemeyer Bescheid sagen, dass Sie zu ihnen stoßen werden."

„Ist Sie auch Geografin?"

„Sie ... gehört zum medizinischen Stab des Instituts. Sie ist Doktorin der Neuropsychologie. Keine Kollegin von Ihnen, aber durchaus Ihrem intellektuellen Niveau angemessen. Sie können sich auf ihre Kompetenz und Erfahrung verlassen."

„Sie meinen, ich soll Sie als eine meiner Vorgesetzten betrachten."

„Wenn Sie so gütig sein wollen."

Ich nicke.

„Und das nächste Mal erzählen Sie mir ein

wenig darüber, was Ihnen Guinea eigentlich bedeutet. Das würde mich sehr interessieren."

„Weshalb? Sie sind doch kein Spezialist für Westafrika."

„Vielleicht ergibt sich ja aus Ihren Plänen eine Möglichkeit, Ihre Krankheit ... aufzubrechen."

„Das verstehe ich nicht."

„Das macht nichts. Wir werden sehen. Auf Wiedersehen, Herr Professor Aschenbach."

Er bringt mich wieder zur Tür, schüttelt mir verbindlich die Hand, und ich empfinde tatsächlich Genugtuung darüber, dass er mir endlich meinen Titel zugestanden hat. So lässt sich wenigstens auf Augenhöhe miteinander sprechen.


Es dauert zwei Wochen, bis die Schwarzen Engel wieder verschwinden. Währenddessen sehe ich sie immer wieder im Flur, in Zimmerecken, draußen im Park stehen, stumme, schwarze Gestalten, die mich beobachten. Sie lesen meine Gedanken. Sie wissen alles von mir. Sie beraten sich und berechnen meine Strafe. Was sie alles an Schuld in mir finden! Ich bin feige und verstecke mich; ich verberge mich unter einer Menge von Bildern; ich bin falsch; ich bin ein Versager; ich führe ein Schmarotzerleben; ich tyrannisiere meine Umgebung; ich bin es nicht wert zu leben. Viel Schuld finden und berechnen sie.

Als sie verschwinden, bin ich erleichtert. Irgendwer muss mich von meiner Schuld lossprechen, sonst entgehe ich ihrer Strafe nicht. Die Wirklichkeiten verwirren sich. Manchmal habe ich das Gefühl, gar nicht am Geografischen Institut zu sein, sondern an einem kalten, fremden Ort. Es ist, als würde ich alles verlieren, was meine Welt ausmacht, und die schwarzen Gestalten behielten recht. Das darf nicht sein.

Dann halte ich mich an der Guinee fest, die Thelonious mir geschenkt hat. Ich hole sie aus dem mit Samt ausgeschlagenen Etui hervor, spüre die Härte und Festigkeit des Metalls, betrachte den milden, unvergänglichen Glanz, spüre den geriffelten Rand, lese die Inschrift. Das gibt mir Halt.

Einmal kommt mir das letzte Gespräch mit Thelonious in den Kopf, über die Interpretation der Welt. Verwirrt wie ich bin, versuche ich mir vorzustellen, diese Guinee in meiner Handfläche sei gar keine Guinee, sondern eine Spielzeugmarke aus Blech, wie es das Hauspersonal will. Gerade so, wie wenn ich mir vorstelle, nicht am Geografischen Institut zu sein.

Ich schaue die Münze an und imaginiere festen Willens, konzentriere mich auf dieses Bild, versuche, meine Ansicht der Welt loszulassen und zur Disposition zu stellen und erwarte schon, dass sich die Wände um mich her verändern und die Münze in Blech verwandelt wird.

Aber das geschieht nicht.

Ich bin beruhigt. So leicht ist das also nicht, seine Welt zu verändern, sich ein Bild zu machen und darin zu leben. Wäre es das, dann lebte ich an der Grenze zum Wahnsinn.

Aber die Guinee bleibt eine Guinee, und das Geografische Institut ein Geografisches Institut. Die Welt als Wille und Vorstellung, hat Thelonious gesagt und Schopenhauer zitiert. Aber das war Philosophie und keine wörtliche Anweisung für eine Mentalübung.

Ich lege die Münze zurück ins Etui und verstaue es in meinem Schreibtisch.

Aber ich bin immer noch verwirrt. Was habe ich da für einen Irrweg eingeschlagen? Warum? Was will ich?

Ich weiß über die Wirklichkeit nicht so viel, wie ich dachte zu wissen. Im Grunde weiß ich nur Eines: Ich will nach Guinea.

Thelonious lädt mich zu einem Mokka ein, einem echten arabischen Kaffee. Draußen ist es heiß, vierzig Grad im Schatten. Man hört das Brüllen der Kamele und die heiseren Rufe der Treiber, die Marktschreier, die ihre Waren anpreisen, das Gewimmel vom Souk, der eine Straße weiter beginnt. Im trockenen Wind liegen die Düfte der Gewürze: Zimt, Kardamom, Pfeffer, Nelken.

Wir fächeln uns mit den chinesischen Fächern Kühlung zu. Ich betrachte die vielen Masken an der Wand, die Thelonious von überallher mitgebracht hat.

„Schau sie dir ruhig an", sagt Thelonious.

Ich nehme ein paar von ihren Ständern, beklopfe das Holz, aus dem sie geschnitzt sind, probiere eine auf. Der Bastreif presst sich an meinen Hinterkopf, das Ding ist ungefüg, aber erstaunlich leicht, ich drehe Thelonious probeweise mein Antlitz zu.

Er lächelt.

Streifen, Winkel, Glubschaugen, übergroße Nasen, Krallen, Hörner, zähnefletschende Fratzen. Einen Spiegel wünsche ich mir.

„Und?", frage ich und höre meine Stimme hohl durch die Maske tönen. „Wie sieht das aus?"

„Erschreckend", erwidert Thelonious. „Du bist ein Anderer."

„Das ist auch der Sinn der Sache."

„Weißt du, dass das Wort *Person* aus dem Lateinischen kommt und eigentlich *per-sonare* lautet, zu Deutsch *hindurchtönen*?"

„Du meinst: Jede Person ist eine Maske?"

„Jeder spielt seine Rollen."

„Und was ist dann das Wesentliche? Das Bleibende? Die Kontinuität in all den Masken und Rollen?"

„Das Ich", sagt er.

„Das Ich ist selbst eine Maske."

Thelonious nickt und nippt an seinem Kaffeetässchen. Auf einem Kupferteller liegen Feigen, getrocknete Datteln und Honigkuchen. Die Feigen sind frisch, zwiebelförmig mit der weichen, blau überlaufenen Haut. Er nimmt eine in die Hand, bricht sie mit den Daumen auf, heraus quillt das rote Körnchenfleisch. Er schabt es von der grünen, verletzten Haut und schleckt sich die Süße aus den Mundwinkeln.

„Der Primitive", erklärt er, während ich mitten im Zimmer stehe, verwandelt, ein Fremder, ein Geist, „schlüpft mit der Maske in die Rolle des Übersinnlichen. Er nimmt damit die Gestalt der Geister an, die er beschwören will. Nur durch diese Verwandlung kann er die Vorgänge auslösen und steuern, die unsichtbar ablaufen und die das Ziel der Beschwörung sind. Er legt seine Profanität ab und wird ein Heiliger, ein Bewohner der anderen Welt."

„Das muss ihm ja eine ungeheure Macht geben", sage ich. „Und Freiheit. Wenn man damit alles Profane und Alltägliche ablegt."

„Der Primitive ist frei von allen gewöhnlichen Fesseln, das stimmt."

Ich wende mich mit der Maske hin und her, beginne im Zimmer auf und ab zu staksen, gebe meinen Bewegungen etwas Eckiges, Ekstatisches, gestikuliere, wie um Zeichen zu geben.

„Aber täusch dich nicht, Siegfried! Masken

nehmen auch gefangen. Sie binden den Menschen an die Rolle, die er übernommen hat. Sie knechten ihn. Sie geben ihn nicht mehr frei. Irgendwann kann er nicht mehr ohne die Maske sein, will nicht zurück ins Profane, will der Fremde und ganz Andere bleiben. Irgendwann kann er sein menschliches Gesicht nicht mehr zeigen, sein verletzliches, unzulängliches, ohnmächtiges Antlitz. Dann wird die Maske sein Kerker."

Ich bleibe stehen. Thelonious hat recht. Ich spüre schon den Widerwillen dagegen, die Maske abzunehmen. Ich will inkognito bleiben, unerkennbar, unkenntlich den Mächten und Kräften des täglichen Kampfes. Ich will stark bleiben und frei. Ich beginne unter der Maske zu schwitzen, und als ich sie mir endlich vom Gesicht reiße, spüre ich kühl den Schweiß darauf, spüre Luft und Leere.

„In jedem von uns steckt ein Primitiver", sagt Thelonious und lächelt. „Wir alle glauben tief im Herzen an Magie und Verwandlung."

Ich betrachte die Maske noch einmal mit ausgestreckten Armen.

„Ein gefährliches Andenken", sage ich.

„Darum bin ich Ethnologe", sagt er. „Niemals an den Dingen teilnehmen. Draußenstehen, beobachten. Ich habe so ein Ding noch nie aufgesetzt."

Ich lache verlegen und stelle sie zurück.

Noch lange grinst mich ihr groteskes Gesicht an.

„In Guinea gibt es auch Masken", sage ich unbestimmt.

„Natürlich."

„Aber dort, gerade dort, werde ich keine Masken mehr brauchen. Keine Rollen. Keine Verkleidungen und Verhüllungen. Da werde ich nur ich sein, ganz einfach."

„Wenn das so einfach wäre", seufzt Thelonious. „Aber ich wünsche es dir von ganzem Herzen."

Ich nehme einen Schluck Mokka. Der muffige, kardamomwürzige Geschmack lässt mich an Damaskus denken, an Kairo und Bagdad, an die Steingewölbe der Teppichhändler und Lammfleischspieße über dem Grill, an grellbunte Djellabahs und einem Blick aus kajalgeränderten schwarzen Augen.

Ich beuge mich vor und lege ihm meine Hand auf die Schulter. Er streckt seinen Arm aus und tut das Gleiche. Wir blicken einander an.

„Du bist mein einziger Freund, Thelonious", sage ich.

„Du auch, Siegfried."

„Du bist immer für mich da. Du hast immer Zeit für mich. Und das Wichtigste, das Wichtigste, das man von einem Freund erhoffen darf: Du meinst es gut mit mir."

„Das tue ich, Siegfried", entgegnet er. „Darauf kannst du dich verlassen."

„Du wirst bei mir bleiben, Thelonious, oder?" Mir werden die Augen feucht.

„Natürlich. Ich bleibe bei dir, bis du mich nicht mehr haben willst."

„Das wird nie geschehen."

„Gott ist groß", sagt er und wirft ergeben die Hände auf.

„Meinethalben."

„Habe ich dir schon erzählt, wie Europa im Mittelalter Aristoteles wiederentdeckte, und zwar aus-gerechnet durch arabische Gelehrte, die seine Schriften seit Jahrhunderten tradiert hatten?"

„Erzähl!"


Wieder ein Gespräch mit Professor Kühne. Diesmal sitzen wir erneut am Tisch in der Ecke, der Raum wirkt anheimelnd und behaglich, er hat ein Feuer im Kamin entzündet und Tee serviert. Sein Entgegenkommen quittiere ich mit aufgeräumter Stimmung.

„Wie ich sehe, haben Sie den jüngsten Schub gut überwunden, Herr Professor Aschenbach", beginnt er.

„Ja, doch, die Schwarzen Engel sind verschwunden. Die Malaria ist abgeklungen."

„Herr Aschenbach, könnten Sie sich nicht

doch vorstellen, dass es keine Malaria ist, an der Sie leiden?"

„Nun ja, aber die von Ihnen diagnostizierte F20 bis 22 kann es ja auch nicht sein. Oder?"

„Warum nicht?"

„Ich wüsste es, wenn ich verrückt wäre."

„Nein, eben nicht. Fehlende Krankheitseinsicht gehört zum Erscheinungsbild."

„Das ist witzig", sage ich und muss grinsen. „Das ist sozusagen ein erkenntnistheoretischer Zirkel. Solange einer es ablehnt, sich für verrückt zu halten, ist er verrückt. Und wenn er zugibt, verrückt zu sein, ist er auch verrückt. Eine Situation, in der es nichts zu gewinnen gibt."

„Doch! Der erste Schritt ist die Krankheitseinsicht. Dann kann der Wahn stückweise aufgehoben werden. Man braucht nur einen Zugang zu dem Kranken, einen Brückenkopf sozusagen."

„Und den wollen Sie bei mir einrichten? Womit denn?"

„Zunächst einmal damit, dass Sie einsehen, dass Sie nicht an Malaria leiden."

„Gesetzt den Fall, ich würde das einsehen: Was folgte als nächstes?"

„Wir würden gemeinsam darüber sprechen, wer Sie sind und wo Sie hier sind."

„Ah ja, interessant. Wo bin ich denn, Ihrer Meinung nach?"

„Sie sind dafür noch nicht offen, Herr Aschenbach."

„*Professor* Aschenbach, bitte. Soviel Anstand muss sein unter Kollegen."

„Sehen Sie, das ist auch so etwas", erwidert Professor Kühne gereizt. Heute hat er wenig Geduld, das merke ich. „Sie sind kein Professor, und ich bin es auch nicht."

„Interessant." Ich habe keine Ahnung, was er mit dieser Possenreißerei bezwecken will. Will er meine wissenschaftliche Qualifikation in Zweifel ziehen? Das wäre dumm, denn ich kann ihm meine Habilitationsurkunde vorlegen. Die habe ich sorgsam verwahrt in meinem Schreibtisch. Als hätte ich geahnt, dass ich sie eines Tages brauchen würde, für solch einen Fall.

„Und Sie sind kein Professor?", frage ich ihn.

„Nein. Kein Professor und auch nicht der Geografie."

Ich schüttle den Kopf. Ich finde das nicht witzig. Entweder will er sich über mich lustig machen und führt mir vor, wie so ein Wahn, unter dem ich angeblich leiden soll, aussehen könnte, oder er ist selbst verrückt. Da ich letzteres ausschließe, bleibt nur eine obskure therapeutische Strategie, die er hier zur Anwendung bringen will.

„Herr Professor", sage ich ernst, „das ist kein Grund zur Belustigung."

„Nein", sagt er eindringlich, „das ist es wirklich nicht. Sie sind hier nicht an einem Geografischen Institut, Herr Aschenbach, sondern – "

„Warum wollen Sie mir das einreden?", unterbreche ich ihn. Ich spüre, wie mir dieses Gespräch an die Nerven geht. „Das hat doch keinen Sinn!"

„Vielleicht doch. Vielleicht ist jetzt der Zeitpunkt gekommen, da Sie – "

„Vielleicht!" Ich verdrehe die Augen und werfe kapitulierend die Hände in die Luft. „Was soll man dazu sagen?"

„Lassen Sie den Gedanken einmal zu, dass die Welt um sie herum nicht das ist, was sie zu sein scheint! Und warten Sie ab, was geschieht! Wollen Sie Ihr ganzes Leben in einer Lüge verbringen?"

Ich spüre seine Aggressivität. Ich bin enttäuscht von ihm, sehr sogar. Ich dachte immer, er sei mein Freund und stehe zu mir vor den Kollegen und auch vor dem Vorstand. Ich habe ihm vertraut. Aber jetzt dieser Angriff und diese hanebüchenen Unterstellungen!

„Das lasse ich mir nicht länger bieten", sage ich und stehe auf.

„Setzen Sie sich hin und sagen Sie mir, was Sie wollen!"

Ich setze mich und bin noch wie betäubt von dem Verrat, den er an mir begangen hat. Soll ich ihm noch vertrauen?

Trotzig schweige ich.

„Sie wollten doch einmal nach Guinea?", fährt er fort. Ich weiß sofort, dass es ein Fehler war, ihm davon zu erzählen. „Was ist damit?"

„Ich weiß nicht, was Sie meinen."

„Ist Guinea nicht Ihr Traum? Tropenhölzer, Elfenbein und Gold? Paradiesvögel, Tukane und Hyazintharas?"

Ich setze ein spöttisches Lächeln auf. „Sie sind wirklich kein Geograf, Herr Professor! Sie bringen ja alles durcheinander."

„Dann korrigieren Sie mich! Sagen Sie mir, was Sie von Guinea erhoffen! Erzählen Sie mir von Ihrem Traum!"

„Guinea ist das Land der Freiheit!", fahre ich ihn wütend an. Nun hat er es geschafft, mich zu provozieren. Nichts anderes ist seine Absicht gewesen.

„Ich werde dort endlich in Selbstbestimmung und Würde leben können! Hier kann ich das ja nicht."

„In Selbstbestimmung und Würde? Das können Sie hier allerdings nicht, da haben Sie recht. Aber aus anderen Gründen, als Sie denken. In Guinea, Herr Aschenbach, erwartet Sie nur Armut und Willkür und Menschen, die ums Überleben kämpfen."

„Ich kenne das Bild, das die Welt von Guinea hat, sehr gut. Aber es gibt ein Guinea, das nur ich kenne, ein geheimes, verborgenes. Ich habe sein Bild gesehen, und ich habe es verwahrt, hier drin", sage ich und tippe mir mit dem Zeigefinger auf die linke Brust.

„Ein Symbol also", meint er. Er spricht noch immer eindringlich, aber nicht mehr angriffslustig. Ich merke, dass er ein Spiel mit mir spielt, aber ich bin gerade außer Stande, es zu durchschauen.

„Nein. Es ist mehr als ein bloßes Symbol. Es ist ein Herzenstraum. Ein Inbild. Es ist das Ziel, das mich einzig noch durchhalten lässt im trostlosen Alltag hier am Institut."

Ich verschränke die Arme und lehne mich zurück.

Er nickt und lächelt. Dann beugt er sich vor und sagt einfühlsam:

„Glauben Sie nicht, Herr Aschenbach, dass ich das nicht nachvollziehen könnte. Natürlich müssen Sie sich hier so fühlen, und ich finde es mutig von Ihnen, einen Traum zu hegen und auf ein Ziel zuzusteuern. Nur ist es so, dass genau dieses Ziel, Guinea und Ihre Reise und überhaupt Ihr Geografenberuf und alles, was daran hängt, gerade das Hindernis darstellt, das Sie von Ihrem wahren Guinea trennt. Verstehen Sie, was ich Ihnen sagen will?"

Ich schaue ihn verwirrt an.

„Guinea ist nicht die Lösung, sondern Teil des Problems."

Er fasst mit beiden Händen das Knie seines übergeschlagenen Beins. Er ist sehr zufrieden mit sich, denke ich.

Er will mich verunsichern. Er gönnt mir meine innere Unabhängigkeit nicht, meine Opposition gegen das Institut und meinen Traum, Guinea, auch das gönnt er mir nicht. Ich weiß nicht, warum er das tut. Er selbst ist sicher der Meinung, mein Bestes zu wollen. Vielleicht handelt er aus einem Irrtum heraus, aus einem Wahn, einer Verkennung der Tatsachen. Ich weigere mich zu glauben, dass es böse Absicht ist.

„Das ist wieder ein Paradoxon, das Sie hier konstruieren, Herr Professor", sage ich betont ruhig, obwohl mir das Herz bis zum Hals klopft. „Gerade das, was ich am meisten ersehne, ist mir auf dem Weg dorthin im Wege. Ich soll es loslassen, um es zu erreichen. Kompliment, Herr Professor: Das ist eines Zen-Patriarchen würdig!"

„Ich weiß nicht, was dieses heutige Gespräch bei Ihnen auslösen wird, Herr Aschenbach. Ich hielt es einen Versuch für wert. Mehr nicht."

„Nun, dann kann ich wohl wieder auf mein Zimmer gehen, mein Studierzimmer hier am Geografischen Institut", betone ich, „und mich weiter meinen Vorbereitungen für meine Reise nach Guinea widmen."

„Wir können Ihnen die Erlaubnis für diese Reise nicht geben, Herr Aschenbach. Sie können dieses Haus nicht verlassen!"

„Das werden wir sehen", sage ich nur.

„Es hat keinen Sinn, Herr Aschenbach, dass Sie sich dagegen auflehnen. Versuchen Sie, mit uns zusammenzuarbeiten. Wir wollen doch auch, dass Sie gesund werden. Wir wollen doch auch, dass Sie Ihr Guinea erreichen."

„Na, dann sind wir uns ja einig."

„Nur müssen Sie uns mehr entgegenkommen."

„Und wie? Was erwarten Sie von mir konkret?"

„Zum Beispiel der Gesprächskreis von Frau Dr. Niemeyer", sagt er glatt. Jetzt hat er mich erwischt. „Haben Sie schon einmal daran teilgenommen?"

„Ich ... äh ... habe bisher die Zeit nicht dazu gefunden."

„Sehen Sie, das ist so ein Punkt. Wie wollen Sie da je nach Guinea kommen?"

„Sie meinen wirklich, da gibt es einen Zusammenhang?"

„Wozwischen?"

„Zwischen meiner Krankheit und der Reise nach Guinea?"

„Natürlich. Wir können Sie so nicht gehen lassen! Wenn Sie nach Guinea wollen, müssen Sie sich von uns helfen lassen. Dazu gehört auch der Gesprächskreis bei Frau Dr. Niemeyer."

„Aber ich will nicht dorthin! Ich will nicht mit lauter Verrückten zusammensein und mir ihre grausigen Wahnideen anhören!"

Mir treten die Tränen in die Augen. Ich greife nach seiner Hand und greine wie ein Kind. „Ich will nicht!"

„Sie brauchen keine Angst zu haben, Herr Aschenbach!" Er tätschelt mit der linken Hand meine eigene, die sich in seine Rechte verschränkt hat. Eine Verschränkung, die gut tut. Ein Halt, wenn auch ein verwirrender. Wer hält wen? Wer Hilfe braucht, macht sich abhängig, verletzbar, verlassbar.

„Ich will nicht verlassen werden", greine ich.

„Sie sind hier gut aufgehoben, das wissen Sie doch! Frau Dr. Niemeyer ist eine gute und freundliche Frau. Bei ihr sind Sie in besten Händen."

„Meinen Sie?"

„Gehen Sie nur hin! Gleich nächsten Dienstag. Sie freut sich schon auf Sie."

„Also gut. Ich werde es versuchen."

Dann ist das Gespräch vorbei und ich stehe draußen im Flur. Eine Hausdienerin bringt mich zu meinem Zimmer. Ich lasse die Jalousien herab und verkrieche mich unter die Bettdecke. Einmal stehe ich auf, hole aus der Schreibtischschublade die Guinee und schließe fest meine Hand darum.

Das Kaffeetrinken um vier habe ich verpasst. Ich muss eingeschlafen sein.

Manchmal ist das Leben ganz einfach. Dann weiß ich, wo ich bin und was ich hier tue. Ich sitze im Park auf einer Bank, unter Ulmen und Linden, sehe den Spaziergängern zu. Der Wind ist warm, riecht nach Erde und Gras und trocken nach Sommer. In den Kronen der Bäume flirrt das Sonnenlicht. Vögel singen. Keine Tropenvögel, einfach eine Amsel, eine Meise. Ein Spatz sitzt auf der Rückenlehne der Bank und wartet auf Brotkrumen. Ich werfe sie ihm hin. Gierig nach ein paar Brocken Wirklichkeit. Wir nähren uns davon. Um dann daran zu ersticken.

Ich bin hier gut aufgehoben, weiß ich. Ich habe zu essen, ein Bett, und wenn die Schwarzen Engel kommen, wird mir geholfen. Es reicht mir nicht, das weiß ich. Aber in diesen Momenten, wenn ich sitze und lausche und spüre, habe ich Frieden.


Heute ist mir etwas Merkwürdiges passiert. Ich bin auf dem Weg zu Thelonious' Zimmer, als ich vor einer schweren Stahltür lande. Sie muss die Tür zu Thelonious' Kabinett sein, aber sie ist mir noch nie aufgefallen. Ich hätte schwören können, sie sei aus schöner Eiche mit altmodischen Intarsien. Als ich die Hand auf die Klinke lege, höre ich drinnen fremde Stimmen. Behutsam öffne ich sie und spähe in einen kahlen Heizungsraum. Ein Mechaniker in graublauem

Kittel misst mit Apparaten irgendetwas an einer Maschine, und ein Mann in weißem Kittel steht daneben und assistiert.

„Was wollen Sie hier?", schnauzt mich der Weißkittel an. „Hier ist der Zutritt für Unbefugte verboten!"

Erschrocken schließe ich die Tür wieder. Ein eisernes Schott, das mich von der Welt abschneidet. Ich habe mich tatsächlich in der Tür geirrt. Das ist noch nie vorgekommen. Ich überlege und versuche den Weg zu rekonstruieren, den ich gekommen bin. Es war der Weg, den ich immer zu Thelonious' Zimmer gehe, da bin ich mir sicher. Aber vielleicht bin ich unachtsam gewesen, oder ich habe eine falsche Abzweigung erwischt.

Für heute habe ich es aufgegeben, zu Thelonious vorzudringen. Ich bin ein wenig durcheinander, das gebe ich zu. Morgen ist der Termin für den Gesprächskreis bei Frau Dr. Niemeyer. Mir wird mulmig, wenn ich daran denke. Was, wenn es den Verrückten gelingt, mich zu überzeugen? Dass ich selbst verrückt sei? Dass das, was ich tagtäglich für die Wirklichkeit halte, ein Wahn sei?

Aber wem könnte daran gelegen sein, mich einer Gehirnwäsche zu unterziehen? Ich habe keine persönlichen Feinde hier am Institut. Vielleicht behagen den Herren vom Vorstand meine Pläne für Guinea nicht. Oder sie wollen meine

Kompetenz unterlaufen und mich als Wissenschaftler diskreditieren. Ich fühle mich nicht mehr wohl hier. Nur in meinem Zimmer bin ich sicher. Und bei Thelonious, auch wenn ich ihn heute nicht gefunden habe.


Der Gesprächskreis ist einfach lächerlich. Noch abstruser, als ich es mir vorgestellt habe. Eine Selbsterfahrungsgruppe, fehlt nur noch, dass wir uns an den Händen halten und Liedchen singen.

Wir sitzen in einem Stuhlkreis wie weiland im Kindergarten. Jeder sagt eingangs ein paar Worte zu seiner Befindlichkeit, Frau Dr. Niemeyer erteilt das Wort. Ich finde sie nicht freundlicher und netter als alle anderen Kollegen hier; manchmal behandelt sie die Teilnehmer mit einer fürsorglichen Milde, als habe sie es mit geistig Minderbemittelten zu tun. Nun ja, das trifft aus ihrer Sicht sicherlich zu.

Immerhin habe ich herausgefunden, dass die Teilnehmer wohl nicht alles Kollegen, sprich: Wissenschaftler sind. Manche offenbaren beim Erzählen ihrer Lebensgeschichte eine durchaus proletarische Herkunft. Einer ist Handwerker, ein anderer Busfahrer, ein dritter Metzgermeister. Es sind auch Akademiker darunter, aber fachfremd. Mir ist nicht klar, mit welcher Zielsetzung solche Leute zu einem Gesprächskreis hier am Institut eingeladen werden. Weshalb dafür Gelder zur Verfügung gestellt werden und zum Beispiel für meine Recherchen über Guinea nicht. Ich bräuchte dringend historisches Material aus der Zentralbibliothek und habe diesbezüglich einen Fernleiheantrag gestellt, aber nichts rührt sich.

Als ich berichten soll, weiß ich nicht, was ich sagen soll. Von Guinea erzähle ich natürlich nichts. Was ich über das Institut erzählen soll, weiß ich auch nicht. Nachdem ich ein paar Minuten herumgestammelt habe, spricht mich Frau Dr. Niemeyer auf die Schwarzen Engel an. Das ist ziemlich unfair. Auch wenn die anderen recht offen über ihre Krankheitssymptome gesprochen haben, heißt das nicht, dass ich auch dazu verpflichtet bin.

Ich weigere mich, diesen Kreis als für mich angemessen anzuerkennen. Ich habe hier nichts verloren. Diese Farce raubt mir nur meine kostbare Zeit.

Am Ende fragt mich Frau Dr. Niemeyer, ob ich denn einen Gewinn aus dem Gesprächskreis gezogen habe. Ich bleibe höflich und antworte unbestimmt. Sie nickt nur und lächelt, sie merkt mir wohl an, was ich von dem Ganzen halte. Ich solle nächsten Dienstag auf jeden Fall wiederkommen. Es brauche seine Zeit.

Was braucht seine Zeit?

Niemand hier versteht, worum es mir wirklich geht. Niemand weiß, wie sehr ich mich nach

Guinea sehne, nach einem anderen Leben. Niemand kann auch nur erahnen, dass ich bereit bin, alles zu tun, um diesen Traum zu verwirklichen.

Wie lange ich es hier noch aushalte, weiß ich nicht.

Ich befinde mich hier in einem Gefängnis. Davon bin je länger je mehr überzeugt. Sie lassen mich nicht fort. Sie wollen mich nur nach Guinea fortlassen, wenn ich zugebe, krank zu sein. Wenn ich eingestehe, dass ich verrückt bin. Aber wenn ich das eingestehe, dann können sie mich erst recht nicht fortlassen. Ein bitteres Lachen ist alles, was ich dafür übrig habe.

Professor Kühne, der ja kein Geograf sein will, schärft mir ein, dass das Gefängnis in mir selber sei. Ich sei mein eigener Kerkermeister. Mir fällt ein, was Thelonious über die vielfältige Versklavung des Menschen gesagt hat. Thelonious hat recht. Wir sind unsere eigenen Kerkermeister, wir machen uns die Enge und die Angst selbst.

Ich will daraus ausbrechen. Ich weiß nicht, wo dieses Gefängnis in mir sitzt, wo ich es zu packen bekommen könnte. Aber ich spüre es, ich spüre die Stäbe, mir flattert der Atem vor Klaustrophobie. Unruhig gehe ich im Zimmer auf und ab, kann mich nicht aufs Lesen konzentrieren, die Arbeit am Dossier habe ich aufgegeben. Es interessiert sich sowieso niemand dafür.

Ich habe darauf bestanden, auf meinem Zimmer zu essen. Ich will die anderen nicht sehen. Das Hauspersonal geht mir auf die Nerven. Und auch die Gespräche mit Herrn Professor Kühne langweilen mich. Es kommt nichts dabei heraus. Entweder wir sprechen über seine hirnverbrannte Idee, mich zur Krankeneinsicht zu bringen, oder er löchert mich mit Fragen zum Institut, Dinge, die er selber am besten wissen müsste. Er wolle meine Welt kennenlernen, wolle wissen, worin ich lebe. Empathie ist nicht seine Stärke.

Lieber würde ich mit ihm über Buddha reden. Ich bin da über eine Aussage gestolpert, vielleicht habe ich sie im Internet gefunden, vielleicht hat Thelonious mich darauf aufmerksam gemacht, jedenfalls stellt sich durch sie die Frage nach der Wirklichkeit auf ganz neue Weise.

Du bist das, was du denkst, sagt Buddha. Alles, was du bist, entsteht mit deinen Gedanken. Mit deinen Gedanken machst du die Welt.

Natürlich fluchten Buddhas Aussagen auf die wahre Wirklichkeit hinter dem Schein der Weltdinge, fluchten auf die Illusion des Ichs. Soweit will ich nicht gehen. Andererseits muss ich mich doch fragen, ob ich nicht wirklich – und mit mir alle Menschen, zumindest alle Angehörigen der westlichen Industrieländer – an einer Denkstörung leide, aber einer viel tiefer greifenden, als Professor Kühne sich träumen lässt.

Die Denkstörung, das ist doch in Wahrheit diese Welt, in der wir leben. Realisten behaupten, sie sei nun einmal, wie sie sei. Aber wenn Buddha recht hat, dann ist sie nur das Ergebnis eines falschen Denkens. Eines Wahns, könnte man sagen, der sich durch seine Allgemeingültigkeit nur noch fataler darstellt.

Darüber denke ich nun seit ein paar Tagen nach. Ich versuche, mein alltägliches Denken zu analysieren und herauszufinden, wo dieses falsche Denken ansetzt. Vielleicht ist das ein Weg, das innere Gefängnis zu überwinden. Buddha sieht natürlich den Edlen Achtfachen Pfad dafür vor, was für mich nicht in Frage kommt, ich bin kein Buddhist. Andererseits habe ich es noch nie mit Meditation versucht. Den eigenen Geist auf die unhintergehbare, unwidersprochene Wirklichkeit zu sammeln. Eine Erfahrung zu machen, die evident wäre. Würde mir das nicht helfen, frei zu werden?

Professor Kühne warnt mich vor Meditationsübungen. Er sieht die Gefahr einer gedanklichen Überfremdung und eines neuen, diesmal buddhistischen Wahns. Ich habe von ihm nichts anderes erwartet.

Einmal habe ich mich hingesetzt in die Mitte

meines Zimmers auf ein Kissen, im Schneidersitz, denn den Lotossitz beherrsche ich nicht, und habe versucht, meinen Geist zu leeren. Es war eine interessante Erfahrung, und ich habe tatsächlich einen Zustand der Ruhe und Leere erreicht, in dem die Gedanken vorbeiflossen wie in einem gleichmütigen Strom. Mehr aber auch nicht.

Immerhin tut mir diese Geistessammlung gut. Ich bin im Alltag weniger zerstreut, kann mich besser konzentrieren, komme zur Ruhe. Aber eine neue Wirklichkeit hat sich mir nicht erschlossen.

Mit meinen Gedanken entsteht die Welt. Mit meinen falschen Gedanken baue ich das Gefängnis, in dem ich selbst sitze. Ich bin mein eigener Kerkermeister. Das ist eine erschütternde Erkenntnis.

Ich habe mich mit Fritz angefreundet, einem der Akademiker aus dem Niemeyer-Gesprächskreis. Er ist von Beruf Informatiker. Nach dem Gesprächskreis gehen wir auf sein Zimmer, einem kahlen, unpersönlichen Raum, der keinen Vergleich mit meinem oder gar Thelonious' Kabinett standhält.

Er sitzt auf dem Bett, ich auf dem einzigen Stuhl. Wie kann er es hier nur aushalten?, frage ich mich.

Wir haben uns schon einige Male über die Gesprächsrunde ausgetauscht, über Frau Doktor Niemeyer und die anderen Teilnehmer. Fritz ist ein Mensch mit einem Sinn für Ironie und Sarkasmus; dennoch hat er viel Verständnis für die Kollegen und urteilt nicht vorschnell. Er ist überhaupt sehr einsichtig und klug, besonders was die Einschätzung seiner eigenen Situation betrifft.

„Weißt du", sagt er zu mir und beginnt unweigerlich aus seinem Leben zu erzählen, eine Neigung, die durch den Gesprächskreis bewusst gefördert wird, „es hat eines Tages ganz plötzlich angefangen, aber so, dass ich es gar nicht mitbekam.

Ich habe einen Mann getroffen, an der Verladerampe eines stillgelegten Bahnhofs, der sich mir als Geheimagent enttarnt hat. Ich hielt es zuerst für einen Scherz, aber der Ausweis, den er mir hinstreckte, und seine ganze Art überzeugten mich schließlich. Er redete davon, dass ich als Informatiker Fähigkeiten hätte, die die Regierung brauche, um den vielfältigen Bedrohungen entgegenzutreten, die die Sicherheit und den Frieden der Welt gefährdeten.

Er fragte mich, ob ich meine Fähigkeiten in den Dienst der Weltsicherheitsbehörde stellen wollte, einer multinationalen Organisation, die im Verborgenen agierte. Ich fühlte mich geschmeichelt und fragte, was ich denn dabei zu tun hätte.

Bei einem der nächsten Treffen brachte er mir die Unterlagen mit, die ich bearbeiten sollte: Rätselhefte."

„Rätselhefte?"

„Ja. Wobei ich nur die Kreuzworträtsel bearbeiten sollte. In bestimmten Kreuzworträtseln waren geheime Informationen verschlüsselt, die die Feinde der Demokratie einander zukommen ließen. So pflegten sie ihre Kommunikation. Indem ich nun die Kreuzworträtsel löste und bestimmte verborgene Wörter darin entschlüsselte, trug ich zur Aufdeckung der zerstörerischen Machenschaften bei."

„Klingt etwas kolportagehaft", sage ich.

„Das merke ich nicht. Für mich war das alles wirklich. Ich hatte also ein paar Monate lang nichts zu tun, als die Rätselhefte, die er mir übergab, an jenem stillgelegten Bahnhof, zu bearbeiten und ihm die Lösungen meinerseits mitzuteilen. Das tat ich mithilfe eines toten Briefkastens, eines Faches im Bahnhofsgebäude, in das ich die Umschläge mit den Informationen legte. Er holte sie irgendwann ab, und ich wartete auf eine neue Ladung Hefte.

Mehr und mehr spann ich mich in diese Tätigkeit hinein. Ich spürte die große Verantwortung, die auf mir lastete, und ich witterte allmählich in jedem Kreuzworträtsel eine geheime Botschaft. Ich wartete nicht mehr ab, bis ich die betreffenden Hefte bekam, per Post meist, sondern kaufte mir selbst welche, an Kiosken, in Buchhandlungen, im Warenhaus.

Ich zog mich zurück in mein Arbeitszimmer, fehlte immer häufiger bei der Arbeit und tat nichts anderes mehr, als Kreuzworträtsel zu lösen. Dennoch musste ich den wahren Grund dafür geheimhalten. Meine Frau hielt es nicht mehr aus und schickte mich zu einem Arzt.

Es gab ein langes Hin und Her, viel Streit und Verzweiflung, meine Frau drohte mir sogar, mich zu verlassen, bis ich endlich ging und den Termin wahrnahm.

Eines kam zum anderen, und mittlerweile konnten mich die Leute überzeugen, dass ich mir das alles nur eingebildet habe. Den Agenten, den toten Briefkasten, die geheimen Botschaften in den Kreuzworträtseln und erst recht meine Rekrutierung als Agent.

Widerlegen konnte es niemand, ich meine direkt und beweisbar. Den Agenten sah nur ich, wenn ich ihn traf, und wir trafen uns immer im Verborgenen. Ob da geheime Botschaften in den Rätseln versteckt waren, konnte auch niemand beurteilen, das war Auslegungssache. Das Einzige, was gegen meinen Wahn sprach, war der tote Briefkasten, der natürlich keiner war. Als ich ihn einem Freund zeigte, fanden wir dort einen ganzen Stapel meiner Umschläge mit den Lösungen. Niemand hatte sie abgeholt.

Es brauchte aber lange, bis ich akzeptierte, dass der Agent, den ich immer wieder traf, der mir vorwarf, die Sache verraten zu haben, und der mich immer neu zur Rückkehr in meine Verantwortung überreden wollte, bis ich glaubte, dass dieser Agent gar nicht existierte.

Heute bin ich hier. Ich weiß, dass ich noch immer anfällig bin für diesen Agenten und seine Rekrutierung, und manchmal ertappe ich mich dabei, wie ich in einer Illustrierten das Kreuzworträtsel zu lösen beginne und geheime Botschaften darin aufleuchten. Außer mir sieht sie niemand. Ich habe aber gelernt, dass das Symptome für einen Rückfall sind, und habe mir Methoden angeeignet, dem entgegenzutreten."

„Und welche sind das?"

„Zuallererst Transparenz. So etwas kann nur im Verborgenen erblühen. Sobald ich Wahrnehmungen habe, die in diese Richtung gehen, teile ich sie meiner Frau, meinen Freunden und vor allem meinem Arzt mit. Sie können mir dann helfen und meine Überzeugung stärken, dass das nicht real ist, was ich erlebe. Und zum Zweiten muss ich immer auf der Hut sein und mich kritisch hinterfragen. Ich habe gelernt und muss es weiter lernen, meine Gedanken zu kontrollieren und zu analysieren."

„Das klingt einleuchtend", sage ich.

Er seufzt und grinst anzüglich. „Es ist nicht leicht, verrückt zu sein."

„Aber wie unterscheidest du denn Wahn und Wirklichkeit?" Die Frage interessiert mich nun, nachdem ich ihm zugehört habe, am meisten.

„Das kann ich nicht. Ich kann den Wahn für sich nicht erkennen. Es ist für mich Wirklichkeit, so wirklich, wie du jetzt vor mir sitzt. Ich kann nur den anderen glauben, die sagen, dass es Einbildung ist."

„Es ist also letztlich eine Glaubensfrage", resümiere ich. „Du schenkst den Anderen das Vertrauen, dass nicht sie es sind, die einem Wahn aufsitzen. Warum tust du das?"

„Ich weiß nicht. Es ist eine Entwicklung. Krankheitseinsicht nennt sich das. Vielleicht auch nur, weil sie in der Mehrzahl sind."

„Und die Mehrheit bestimmt, was wirklich ist und was nicht?"

„Nun ja, die Wirklichkeit zeichnet sich ja dadurch aus, dass sie von den Meisten anerkannt wird."

„Die Mehrheit entscheidet darüber, was als krank gilt und was als gesund? Das kann doch nicht angehen! Die Wahrheit kann doch durchaus ein einzelnes, individuelles Erlebnis sein, das sich den vielen Anderen verschließt. Du könntest doch einen Zugang zu einer tieferen Wirklichkeit haben, den kein anderer hat, und deshalb wären die Überzeugungen der Anderen noch lange nicht richtig, was deine Wahrheit beträfe."

„Das habe ich mir auch schon überlegt. Letztlich ist es wohl das Kriterium der Alltagstauglichkeit, das entscheidet. Eine Wirklichkeit, die dazu führt, dass ich meinen Job verliere, nicht mehr für mich sorgen kann und meine sozialen Beziehungen zerbrechen, kann nicht wahr sein."

„Davon abgesehen", sage ich und kann nicht umhin, mich zu ereifern, „dass diese heutige Welt, in der wir leben, alles andere als gesund ist und die Fähigkeiten, die sie uns abverlangt für ein normales Leben, eher Symptomen einer Geisteskrankheit entsprechen als gesundem Menschenverstand – davon abgesehen also ist es doch durchaus möglich, dass dich deine eigene Wirklichkeit mit einer anderen, wahreren Welt konfrontiert und von dir eine Lebensveränderung verlangt, vielleicht sogar eine radikale. Eine, die gerade gegen den Strom läuft und alle bisherigen Werte umstürzt. Stell dir vor, man hätte Buddha einen Schizophrenen genannt. Oder Jesus als Größenwahnsinnigen abgetan. Die vielen exklusiven Wahrheiten, die der Menschheit entdeckt worden sind, wären alle unterdrückt worden, wenn man sie am Kriterium der Alltagstauglichkeit und am sogenannten gesunden Menschenverstand gemessen hätte."

Er schaut mich eine Weile nachdenklich an.

„Was versuchst du mir eigentlich zu vermitteln, Siegfried?", fragt er abweisend. „Willst du mir einreden, mein Wahn sei doch wahr? Willst du mich dazu bringen, meine Therapie abzubrechen?"

„Nein, um Himmels Willen, Fritz! Das würde ich niemals tun. Nein, mir geht es nur darum, grundsätzliche Fragen zu stellen. Letztlich muss doch jeder selbst entscheiden, in welchem Wahn er leben will, ob er an eine einzigartige Wirklichkeit glaubt oder sich dem allgemeinen Stimmungsbild anpasst.

Nein, Fritz, meine Fragen stelle ich vor allem mir selbst, verstehst du? Auch mir versucht man einzureden, ich lebte in einem Wahn. Aber im Gegensatz zu dir glaube ich diesen Leuten nicht. Ich weiß nicht, warum sie es tun. Ich kann dahinter nur eine dunkle Verschwörung vermuten. Doch es ist ihnen zumindest gelungen, dass ich mir die Frage nach der Wirklichkeit radikaler stelle als je. Ich habe Zweifel bekommen an dem, was ich täglich für wahr und real halte. Ich bin auf der Suche."

Er nickt verständnisvoll. Ich sehe in seinem Blick nun jene Art von Mitgefühl, der ich hier schon öfter begegnet bin, und werde wütend.

„Du kannst nicht einfach von dir auf andere schließen", sage ich. „Ich bin nur in diesem Gesprächskreis, um Professor Kühne einen Gefallen zu tun."

„Ja, natürlich", sagt er mit einem süffisanten Lächeln, das mich zur Raserei bringt.

„Was machst du überhaupt hier?", brülle ich ihn an. Ich springe auf und laufe im Zimmer herum. „Was macht denn ein Informatiker an einem Geografischen Institut?"

„Geografisches Institut?" Erst schaut er mich verdutzt an, dann beginnt er schallend zu lachen.

Ich weiß nicht, was es da zu lachen gibt. Ich stürme aus dem Zimmer und eile zurück in mein eigenes. Das hätte ich mir denken können: Solche Gespräche mit Kollegen oder besser: Nichtkollegen, mit Leuten, die sich selbst als verrückt bezeichnen, führen zu nichts. Wie könnten sie mich verstehen?

Der Einzige, der mich versteht, ist Thelonious.


Warum ich heute eingewilligt habe, den Besuch zu empfangen, weiß ich nicht. Professor Kühne hat versprochen, dabei zu sein, um Zudringlichkeiten zu verhindern. Ich bin manchmal so hilflos gegen diese Menschen, die mich in eine Lebensgeschichte hineinziehen wollen, die sicher schwer zu ertragen, die aber nun einmal nicht meine ist. Ich sehe ihnen die Last, den Schmerz, die Verwirrung an, aber ich kann ihnen beim besten Willen nicht helfen. Oft greift mich das so an, dass ich hinterher zu Thelonious gehen muss, um wieder zu mir selbst zu kommen.

Heute ist nur der junge Mann gekommen. Seine Schwester ist zuhause geblieben, sie kann es nicht mehr, sagt der Mann, der mir gegenüber auf einem Stuhl im Besuchszimmer sitzt, Professor Kühne neben ihm, wir bilden ein Dreieck.

Ich nicke verständnisvoll.

„Sie kann es nicht mehr ertragen, dass du sie nicht erkennst, Vater", fährt er fort.

Ich kann nichts dagegen tun: Jedesmal noch, wenn diese Leute mich Vater nennen, zucke ich zusammen. Und werde wütend. Warum soll ich mir das anhören? Diese plump vertrauliche Anrede.

„Sie sollen mich nicht Vater nennen", sage ich betont ruhig. Professor Kühne beobachtet uns aufmerksam.

„Wie dann?", sagt der Mann und knetet verzweifelt seine Hände. Er hat die Ellbogen auf den Knien aufgestützt und sich vorgebeugt. „Soll ich vielleicht Herr Aschenbach zu dir sagen?"

„Das käme der Wahrheit näher."

„Aber ich bin auch ein Aschenbach", sagt der Mann gequält. „Ich bin dein Sohn!"

„Die Namensgleichheit ist zufällig", sage ich und schaue Professor Kühne an. Er nickt mir zu. „Aber wenn Sie durchaus wollen, dann nennen Sie mich eben Vater. Ich kann ja versuchen, die Rolle zu übernehmen."

„Ach, Vater", sagt der Mann und seufzt,

schlägt die Hände vors Gesicht. „Wie du redest!"

Ich zucke die Achseln.

„Mehr können Sie nicht erwarten", sage ich.

Der Mann reibt sein Gesicht mit den Handflächen, eine lange Zeit. Dann scheint er sich durchgerungen zu haben.

„Also gut", sagt er. „Du weißt, dass du freiwillig hier bist. Freiwillig, aber du könntest dich draußen nicht allein versorgen. Wir würden dich gern zu uns nehmen, Heike und ich –"

„Heike ist Ihre Frau?"

Er nickt, erschöpft.

„Der Arzt sagt, du könntest später in eine Wohngruppe gehen, betreutes Wohnen, mit anderen zusammen, die genauso ... denen es genauso geht wie dir."

Er schaut Professor Kühne an. Der nickt, wie er mir zugenickt hat. Auf wessen Seite steht er eigentlich?

„Eine Wohngruppe", sage ich, „aha."

„Wir hoffen alle das Beste", beginnt er wieder, aber heute habe ich nicht die Geduld, mir all das Gerede über meine Heilungschancen und die Familie und die Gefühlsregungen dieses Herrn anzuhören. Stattdessen gehe ich in die Offensive.

„Erzählen Sie mir doch einmal mein Leben", sage ich bewusst paradox. „Erzählen Sie doch einmal, wer ich war und wie ich hierherkam.

Das würde mich interessieren. Nur zu!"

Der Mann schaut mich erstaunt an, dann ein Blick zu Professor Kühne. Der macht eine ermutigende Handbewegung. Nur zu.

„Tja, ich weiß nicht ... wo soll ich anfangen?"

„Am besten am Anfang."

Und dann erzählt er mir tatsächlich die Geschichte seines Vaters, wie er und seine Schwester sie kennen. Ich höre mir das an wie eine fremde Biografie, die es ja auch ist, und versuche nicht, mich zu identifizieren. Obwohl der Mann Vater sagt und Mutter und deine Kinder, höre ich zu wie einer jener Ghostwriter, die Leuten auf Bestellung ihre Memoiren schreiben. Ich bin gespannt, was für eine Figur dieser Sohn entwirft. Ob es Ähnlichkeiten mit mir gibt. Wo das Glück und der Lebenstraum darin versteckt liegen. Welche Not, welchen Schmerz sie bereithält. Ich höre gern Lebensgeschichten. Sie reden immer vom Menschen, dem unzulänglichen, der sich auf den Weg zu seinem Glück macht, es erreicht oder scheitert, Mut zeigt oder Feigheit, und im Geheimen denke ich auch an Guinea und wie jemand wohl meine Geschichte erzählen würde.

Professor Kühne hört interessiert zu. Es ist eine gewöhnliche, ja banale Geschichte, die mir da erzählt wird, von einem gewöhnlichen Menschen, der nie den unendlichen Horizont der Möglichkeiten erblickt hat. Eine Geschichte, die mich langweilt, ja, die mich deprimiert. So ein Leben wollte ich nicht geführt haben. So einer wollte ich nie sein. Der Mann tut mir leid. Er bleibt mit seinem verlorengegangenen Vater allein.

Während der Erzählung muss ich immer wieder nachfragen, mich interessieren Einzelheiten. Es ist eine konzise, in sich stimmige Geschichte, die er mir erzählt. Zusammengefasst lautet sie wie folgt:

Der Mann wurde neunzehnsechzig geboren als Sohn eines Postbeamten und einer Hausfrau. Einzelkind. Einmal eine Mittelohrentzündung, die spät erkannt wurde und an der er fast starb. Urlaub mit den Eltern an der Nordsee, ein fantasievolles Kind, das oft schlecht träumte. In der Schule ordentliche Leistungen, nichts Auffälliges, nur seine Aufsätze, in denen er sich abenteuerliche Geschichten ausdachte, erregten das Interesse der Lehrerin. Gymnasium, Konfirmation, erste Verliebtheiten. Im Deutschen Herbst radikale Anwandlungen, Auftreten als Sympathisant, um die Verwandtschaft zu schockieren, Kokettieren mit dem Berufsverbot, weil er Lehrer werden wollte. Abitur, Studium, da ließ das alles wieder nach. Studienfächer Geografie, Deutsch, Englisch. Referendariat und Versetzung nach Hamburg. Die Frau kennengelernt auf dem Jungfernstieg, wie er erzählt, auf der Straße, als er ihr kavaliershaft behilflich war, mit der Einkaufstasche oder gegen die Zudringlichkeit eines Obdachlosen oder so, ich habe es nicht ganz verstanden. Zielstrebig auf die Heirat zugesteuert, bald das erste Kind, Christian, der Sohn, zwei Jahre später die Tochter Sabine. Ruhige Berufsjahre. Mit den Kindern wieder an die Nordsee gefahren und zweimal nach Skandinavien, Schweden und Finnland. In den Ferien, später, nach Dänemark. Die Kinder bald aus dem Haus, der Sohn eine Tischlerlehre, die Tochter IT-Kauffrau. Und dann, plötzlich, die Wahnvorstellungen, der Gang in die Klinik ...

Ich unterbreche ihn. „Wann war das?"

„Vor zwölf, nein, dreizehn Monaten." Er blickt Professor Kühne an, der nickt.

„Und wieso so plötzlich?", frage ich nach.

„Na ja, es war, nachdem ..." Er unterbricht sich, schaut wieder den Professor an, fährt dann fort: „ ... nach dem, was mit Mutter passiert ist. Doktor Kühne sagt, es hängt damit zusammen. Ein Trauma, und dann ... sagt Doktor Kühne ... der Rückzug in den Wahn. Seither bist du hier."

Den letzten Satz hätte er sich sparen können. Kurz spiele ich mit dem Gedanken zu fragen, was denn mit der Frau geschehen sei, aber ich merke, es fällt dem jungen Mann schwer, darüber zu sprechen, also lasse ich es.

Alles in allem eine gewöhnliche Geschichte. Sicher hat sie, würde man nachforschen, ihre Risse und Brüche, würde die Gestalt anschaulicher und lebendiger werden, wenn man mehr Details kennte, aber eigentlich weiß ich bereits genug von diesem Mann. So ein Leben, denke ich, hätte mir auch geblüht, wenn ich damals zum Studium nicht nach London gegangen und mit meinem engstirnigen Elternhaus nicht gebrochen hätte. Ein Leben Grau in Grau, von ekelerregendem Mittelmaß, ein Schicksal, das mich durchaus berührt, aber nicht bewegt. Ich kann für den jungen Mann nur hoffen, dass er seinen richtigen Vater eines Tages findet, auch wenn ich den Verdacht habe, dass es ihn so, wie er ihn geschildert hat, gar nicht gibt.

Früher hat er mir einmal Fotos gezeigt, die seinen Vater und seine Mutter mit den Kindern abbilden, und er zeigte sie mir so, dass ich merkte, er betrachtet sie als Beweis gegen meine Ablehnung. Aber der Mann dort sah mir überhaupt nicht ähnlich. An eine Verwechslung kann ich nicht glauben. Es muss selbst ein Wahn sein, und wenn Professor Kühne auch nur einen Funken von Fürsorge hätte, müsste er das unterbinden.

„Vielen Dank", sage ich, als die Besuchszeit vorüber ist, „dass Sie mir das alles erzählt haben. Es war sehr einsichtsreich."

Wir stehen auf, reichen uns die Hand.

Er hält meine fest und sagt, ganz ruhig: „Wir haben dich lieb, Vater."

Ich nicke und will ihm etwas Tröstliches zum

Abschied sagen.

„Christian", sage ich, denn es wäre taktlos, ihn Herr Aschenbach zu nennen, „ich wünsche Ihnen und Ihrer Schwester alles Gute!"

Dann verlassen wir zu dritt den Besuchsraum, Professor Kühne bittet ihn noch kurz in sein Büro und teilt mir mit, dass er nachher noch einmal bei mir vorbeischauen werde. Soll er ruhig, denke ich. Mir geht's gut.

In meinem Zimmer sitze ich am Schreibtisch und versuche, das Bild des kummervollen jungen Mannes aus meinem Kopf zu tilgen, seine Erzählung, die Bilder, die er heraufbeschworen hat, diese ganze fremde Existenz, die sie mir anlasten wollen. Eigentlich unerhört.

Natürlich hat das Ganze ein Nachspiel. Bei dem Gespräch mit Professor Kühne in meinem Zimmer ist noch alles in Ordnung. Er fragt mich, was ich von dem Besuch und der Erzählung des jungen Mannes halte. Ob ich etwas wiedererkannt, ob ich Gemeinsamkeiten entdeckt hätte. Ich verneine. Und das Unterrichtsfach Geografie? Irrelevant, sage ich. Das Einzige ist vielleicht die Fantasie des Vaters, die er als Kind an den Tag legte, die Geschichten, die er sich ausdachte. Das erinnere mich an meine Kindheit, als ich einen Globus geschenkt bekam, einen kleinen, aus zwei Blechhälften zusammengesetzt, und ich beschreibe ihm, wie der Globus ausgesehen hat. Die Buntheit der eingezeichneten Staaten. Die Formen der Kontinente, die ich als so gefällig empfunden habe. Das Blau des Stillen Ozeans mit den weit verstreuten Inseln Polynesiens darin. Das Violett Tahitis mit dem aufgedruckten Schriftzug daneben, in leichtem Bogen gekrümmt. Da habe ich mir Geschichten zu den Ländern ausgedacht, Geschichten von Polarforschern und Seefahrern und Entdeckungsreisenden. Professor Kühne hört mir interessiert zu.

Wie gesagt, da ist noch alles in Ordnung.

Erst in der Nacht gerate ich wie in einen Fieberschlaf. Nein, keine Schwarzen Engel, aber ein Sog aus wirren Bildern, der mich immer tiefer hineinzieht, weg aus der Wirklichkeit. Ich habe das Gefühl, ich soll dieser Mann sein, von dem der Sohn erzählt hat, es soll mein Leben sein, ich durchlebe geschilderte Szenen, werde hineingezwungen in eine haarsträubende Enge und komme nicht mehr heraus. Alle wollen sie, dass ich das bin, dass dies mein Leben ist, ich dämmere im Halbschlaf vor mich hin, und im Halbschlaf wird es ausweglos. Ein Gefängnis, lebenslang. Eine fremde Existenz. Ich schrecke hoch, es ist dunkel im Zimmer, still draußen im Flur, es ist Nacht, ich bin allein, der Fiebertraum hat mich im Griff.

Verzweifelt fliehe ich auf den Flur hinaus, irre die dämmrigen Gänge entlang, in der Nachtpforte ist jemand, der mir hilft, ich sitze auf dem Stahlrohrstuhl und erzähle, aufgelöst, immer noch benommen von den Fantasien, klammere mich an den weißen Kittelstoff des Mannes, flehe ihn an: Ich will nicht dieser Mann sein! Ich will sein Leben nicht leben!, bis der Mann den Nachtarzt holt und der mir eine Tablette gibt.

Morgen soll ich unbedingt mit Doktor Kühne darüber reden, sagt er. Ein Mann, dessen Ruhe und Sachlichkeit mir gut tun.

Die Tablette fängt an zu wirken. Der Arzt begleitet mich zurück in mein Zimmer, ich lege mich ins Bett. Das grelle Neonlicht, die Gegenwart der beiden Männer haben mir gut getan. Ich liege noch eine Zeit lang, werde wütend, eine lahme, aber entschlossene Wut: Ich will nicht dieser Mann sein. Dann schlafe ich ein.

Am Morgen ist es wie ein Alptraum, den ich hatte. Ich erzähle ihn Professor Kühne, der meint, das sei mit Sicherheit eine Nachwirkung des Besuches, der mich doch durcheinandergebracht habe. Vielleicht sollten wir in dieser Phase, sagt er, die Besuche eine Weile aussetzen. Die Konfrontation dürfe mich nicht überfordern.

Ich will nicht dieser Mann sein, sage ich. Ich will nicht sein Leben leben.

Ich weiß, sagt Professor Kühne. Ich weiß. Keine Sorge, wir passen auf Sie auf.

Heute habe ich Thelonious' Zimmer nicht mehr wiedergefunden! Das verstehe ich nicht. Ich bin denselben Weg wie immer gegangen, aber schon der Trakt, in den ich da geriet, kam mir ganz unbekannt vor. Ein Gebäudeteil völlig ohne Zimmer, kahle Flure und eine Reihe von Stahltüren, die verschlossen waren. Wo sein Kabinett hätte sein müssen, stand auf der Stahltür das Wort *Heizungsraum*. Ich probierte die Klinke, aber die Tür war verschlossen. Ich klopfte, schlug mit der Faust dagegen, aber drinnen rührte sich nichts. Ich bin zurückgegangen zu meinem Zimmer und versuchte, mich Schritt für Schritt an den Weg zu Thelonious zu erinnern, versuchte bewusst zu rekonstruieren, was ich immer nebenhin und ohne nachzudenken getan habe. Rechts den Flur entlang bis zur Treppe, eine Etage tiefer, dann durch den Aufenthaltsraum hindurch bis zu den doppelten Glastüren, dann weiter durch einen mit Glasbausteinen versehenen Gang, dann in den abgelegenen Trakt, und dort war der Weg leicht zu finden. Aber schon der Trakt stimmt nicht mehr.

Ich gehe zur Verwaltung und frage nach der Lage seines Zimmers. Sagt mir die junge Frau glatt, sie hätten keinen Thelonious Monk. In der Klinik, sagt sie, das gibt mir gleich zu denken. Von solchen Leuten ist natürlich keine verlässliche Auskunft zu erwarten.

Ich ersuche um ein Gespräch bei Professor

Kühne und warte in meinem Zimmer. Das kommt mir nun ziemlich kahl und nüchtern vor, nachdem ich die Behaglichkeit in Thelonious' Kabinett vermissen muss. Ich schaue aus dem Fenster. Draußen werden die ersten Blätter gelb, nur die Birken, aber immerhin. Der Sommer geht dem Ende entgegen.

Professor Kühne empfängt mich an seinem Schreibtisch.

„Was gibt es Dringendes?", fragt er.

„Ich kann das Zimmer von meinem Freund Thelonious nicht mehr finden", erkläre ich. „Ist er verlegt worden?"

„Sie finden das Zimmer nicht wieder?", wiederholt er überflüssigerweise. „Wo haben Sie es denn gesucht?"

„Im Trakt C, in der unteren Etage", sage ich und hoffe schon, dass sich alles als ein Irrtum meinerseits herausstellen wird.

„Dieser Trakt ist nicht bewohnt. Da befinden sich die Haushalts- und Technikräume", sagt er lächelnd.

„Das habe ich auch gemerkt", sage ich. „Aber dort habe ich ihn immer besucht. Es war ein abgelegener Trakt, zugegeben. Aber Thelonious war auch ein besonderer Gast hier am Institut", erkläre ich.

„Ich kenne keinen Thelonious", sagt der Professor und lächelt.

„Thelonious Monk", wiederhole ich.

„Wissen Sie was, Herr Aschenbach? Ich glaube, es ist ein gutes Zeichen, dass Sie das Zimmer nicht wiederfinden."

„Das glaube ich nun nicht" entgegne ich. „Er ist der Einzige hier, mit dem ich mich vernünftig unterhalten kann. Er versteht mich besser als irgendeiner. Ohne ihn ist es hier nicht auszuhalten."

„Sie werden sich daran gewöhnen müssen", antwortet er.

„Ist er denn verlegt worden? Oder abgereist? Das kann ich mir nicht vorstellen. Er ist schon längst nicht mehr in der Außenforschung."

„Nun, wir haben keinen Thelonious Monk auf unserer Patientenliste noch auf der Mitarbeiterliste. Nie gehabt. Entweder gehen hier übersinnliche Dinge vor sich, oder mit Ihrem Thelonious Monk stimmt etwas nicht."

„Es ist nicht *mein* Thelonious. Er ist eine eigenständige Person!"

„Das ist eben die Frage", sagt er glatt. Er lächelt nicht. Er meint es ernst.

Ich weiß nicht, was ich erwidern soll.

„Thelonious Monk", fährt er fort, „ein eigenartiger Name. Heißt nicht auch ein bekannter Jazzmusiker so?"

Ich bin verblüfft. „Ja", sage ich. „Kennen Sie seine Musik? Sind Sie auch Jazzfan?"

„Das nicht. Ich habe nur von ihm gehört. Aber finden Sie die Namensgleichheit nicht erstaunlich?"

"Reiner Zufall", sage ich. "Weder verwandt noch verschwägert."

"Das meine ich nicht. Könnte es nicht sein, dass er so heißt, weil Sie seine Musik hören?"

"Wie meinen Sie das?"

"So wie ich es sage."

"Das sind ja ... fast magische Zusammenhänge, die Sie hier behaupten!"

"Magische nicht. Aber psychologische."

"Sie reden in Rätseln."

"Sie hören ihn gern, nicht wahr? Den Jazz-Thelonious, meine ich."

"Ja, früher habe ich ihn gern gehört. Ich habe meine Plattensammlung nicht mit ins Institut genommen. Aber früher hörte ich ihn gern."

"Wo war das, früher? Wo haben Sie ihn gehört?"

"Na, als ich hier in der Stadt lebte."

"Wo haben Sie denn gewohnt?"

"In der Kurt-Schumacher-Straße." So langsam wundere ich mich doch über die Wendung, die das Gespräch nimmt. Was hat das mit Thelonious' Verschwinden zu tun?

"Sehen Sie, Herr Aschenbach, und Ihr Sohn, also der junge Mann Christian, der Sie immer besuchen kommt, hat angegeben, dass er in der Kurt-Schumacher-Straße groß geworden ist. Wie seine Schwester."

"Na und?", frage ich ungehalten.

„In welcher Hausnummer wohnten Sie denn in der Kurt-Schumacher-Straße?"

„Das weiß ich nicht mehr. Kurt-Schumacher-Straße. Konrad-Adenauer-Straße. Was weiß ich. Sie bringen mich ganz durcheinander!"

„Nun ja, lassen wir das. Jedenfalls erinnern Sie sich, dass Sie in der Kurt-Schumacher-Straße gewohnt haben. Das ist schon ein Fortschritt."

„Und was ist jetzt mit meinem Freund Thelonious?", frage ich nach.

„Wissen Sie es wirklich nicht? Wissen Sie wirklich nicht, was es mit diesem Raum in Trakt C und Ihren Treffen dort mit ihm auf sich hat?"

„Nein. Was soll ich denn wissen? Ich weiß nur, dass ich regelmäßig bei ihm war und das Zusammensein mit ihm jedesmal genossen habe. Ohne ihn fühle ich mich hier völlig verloren."

„Ja, das wird so sein für eine gewisse Zeit", sagte der Professor milde.

„Was ist denn mit ihm? Ist er tot?"

„Er ist ... verreist. Er wurde nach England gerufen, ganz plötzlich."

„Verreist? Das kann ich mir nicht vorstellen. Und warum hat er sich nicht einmal von mir verabschiedet? Wir sind die besten Freunde!"

„Er lässt Sie herzlich grüßen und bittet um Verzeihung, dass er Sie nicht noch einmal sehen konnte. Es ging alles ganz schnell."

„Das glaube ich gleich". Ich nicke betrübt.

Thelonious wird mir fehlen. Er hat mich immer auf gute Gedanken gebracht. Er war der Einzige hier, der die Täuschung der sogenannten Realität durchschaut hat, wie ich.

Bekümmert verlasse ich das Büro. Ohne Thelonious ist es leerer und einsamer geworden am Institut.

Immerhin, sage ich mir, als ich in mein Zimmer zurückkomme, habe ich noch die Guinee, die er mir geschenkt hat. Ein Andenken an den treuen Freund. Und immerhin sieht mein Zimmer seinem Kabinett ein wenig ähnlich, ich habe bei der Einrichtung dafür gesorgt. Der große Holzglobus vor dem Fenster; die Regalwände mit Büchern; die Kassettendecke aus Mahagoni; die antiquarischen Stiche von Segelschiffen an den Wänden; der alte Rattansessel, in dem ich immer sitze. Das alles, weiß ich, wird mich an ihn erinnern.


Guinea. Professor Kühne fragt mich wieder danach. Er kommt in mein Zimmer, setzt sich in den Rattansessel, den ich ihm anbiete, ist freundlich und behutsam. Er habe über mein Guinea, wie er sagt, nachgedacht. Möglich sei, dass dieser Traum gar nicht mit ... meiner Krankheit zusammenhänge, sondern frühere Ursachen habe, sozusagen tiefer liege als der Wahn. Er sagt tatsächlich Wahn. Das müsste ich allmählich gewohnt sein, aber es empört mich immer noch. Er wiegelt ab und fährt fort. Deshalb solle ich ruhig an meinen Guinea-Plänen festhalten, es als ein festes Ziel ins Auge fassen. Mein Wunsch nach einem freien, selbstbestimmten Leben in Würde sei ein wertvoller Schatz im Zusammenhang mit meiner Gesundung und könne mir sicherlich helfen, mein Gefängnis zu verlassen.

„Suchen Sie nicht nach dem äußeren Guinea!", beschwört er mich. Er nimmt sich meinen Fall wirklich zu Herzen, das merke ich.

„Machen Sie Guinea zu einem inneren Ort, zu einer Zuflucht, die sie jederzeit aufsuchen können, die Ihnen Kraft und Mut gibt!"

„Das ist es bereits", sage ich.

„Wunderbar", sagt er tatsächlich und klatscht in die Hände. „Dann sind wir schon einen Schritt weiter!"

„Weiter wohin?", frage ich.

„Auf dem Weg in die Freiheit. Auf dem Weg nach Guinea."

„Na fein", sage ich und kann seinen Enthusiasmus nicht recht teilen.

„Wir müssen nur noch herausfinden, wo in Ihrer Biografie Guinea verankert ist."

„Warum müssen wir das herausfinden?" entgegne ich. „Ich muss das nicht herausfinden."

„Um sicherzugehen, dass es nicht Teil der Täuschung ist und sie in die falsche Richtung lockt."

„Sie reden von mir wie von einem Schlafwandler. Oder einem Mondsüchtigen. Ich bin kein Hamlet."

Er lacht. „Witzig, dass Sie gerade Hamlet anführen."

„Er ist doch das klassische Beispiel für einen Verrückten, oder nicht? Aber ich bin nicht verrückt. Ich weiß sehr gut, was ich tue. Ich nehme die Wirklichkeit rund um mich wahr. Wäre ich wirklich verrückt – was Hamlet übrigens auch nicht war, er hat sich nur verstellt, wie Sie ja wissen – , dann wüsste ich das alles nicht von mir. Der Wahn wäre keine nachprüfbare Wirklichkeit."

„Gut, gut, aber so verstehen wir Wahnsinn nicht. Es gibt genug Fälle, die zeigen, dass trotz Wahnvorstellungen ein Mensch seinen Alltag eine gewisse Zeit lang bestreiten und ein integriertes Mitglied der Gesellschaft sein kann. Denken Sie an Verfolgungswahn. Paranoia. Solange das nicht auffällig wird und zu extremen Abweichungen im Sozialverhalten führt, kann das über Jahrzehnte unentdeckt bleiben. *Ist es auch Wahnsinn, so hat es doch Methode.*"

„*Though this be madness, yet there is method in 't.* Polonius im Gespräch mit Hamlet, zweiter Aufzug, zweite Szene."

„Donnerwetter! Sie kennen sich ja gut aus."

„Das ist Weltliteratur, Herr Professor Kühne.

Die muss man kennen."

„Das kann schon sein. Aber wieso kennen Sie den Text auf Englisch?"

„Ich habe es natürlich im Original gelesen."

„Wo war das? Und wann?"

„Sie fragen mich immer Sachen! Wo? Keine Ahnung. Für den Unterricht wahrscheinlich. Ich habe das ja zusammen mit den Schülern durchgenommen."

„Aha", sagt er nur und schaut mich erwartungsvoll an.

„Was ist los?"

„Sie haben Englisch unterrichtet?"

Jetzt weiß ich selber nicht mehr, was ich glauben soll. „Ich weiß nicht ... habe ich?"

„Das ist eine Erinnerung, die da aufblitzt, Herr Aschenbach. Ein Durchbruch des alten Lebens. Gehen Sie dem bitte nach! An welcher Schule haben sie unterrichtet?"

„Gymnasium, denke ich. Ja, einen Englisch-Leistungskurs."

„Und wann war das?"

„Keine Ahnung. Ist doch auch egal. Lassen Sie mich doch mit Ihren Fragen in Ruhe!" Ich verstehe wirklich nicht, was das soll. Wieso löchert er mich immer mit solchen Fragen? Was hat das mit Guinea zu tun?

„Was hat das mit Guinea zu tun?", frage ich.

Professor Kühne atmet tief ein, lehnt sich zurück, wechselt das Thema.

Er will wissen, ob ich mich daran erinnern kann, wann ich zuerst von Guinea gehört habe. In meiner Kindheit etwa oder in meiner Jugendzeit? Der Fernsehbericht oder was es war, der mich neulich auf Guinea gebracht hat, war womöglich nur der Anstoß, das Wiedererkennen, sagt er.

Ich überlege, aber es will mir nichts einfallen. Ich sehe den Globus da stehen und weiß nicht, ob mir eine Erinnerung kommt oder das nur Fantasie ist.

„Fantasieren Sie ruhig", sagt er.

Also gut. Als Kind bekam ich einmal einen Globus geschenkt, das habe ich schon erzählt, so einen aus zwei bedruckten Blechhälften zusammengesteckten. Die bunten Länder darauf, die bis ins kleinste eingeteilte Erde, die ausführlichsten Namensbeschriftungen noch zu dem kleinsten Punkt – das faszinierte mich. Möglich, dass ich da Guinea zum ersten Mal entdeckte: ein kleiner grüner Fleck an der Westküste Afrikas, der Namenszug leicht gebogen im blauen Ozean. Das Violett Tahitis fällt mir ein und das geteilte Deutschland in zwei verschiedenen Gelb.

Er nickt, sagt: Hm, hm.

Dann fällt mir noch ein Spiel ein, ein Brettspiel, wo es um Tierfang in aller Welt ging. Vielleicht war dort Guinea eingezeichnet als geheimnisvolles Land. Und als Kind sammelte ich

Briefmarken in einem Album von einer großen Benzinmarke. Vater bekam die Tütchen mit den Marken immer beim Tanken. Ich erinnere mich, dass dort die Staaten nach Kontinenten aufgeteilt und in alphabetischer Reihenfolge aufgelistet waren und zu jedem Staat ein Satz Marken gehörte. Vielleicht erinnere ich mich an die bunten Marken, die in Lithographie-Manier koloniale Szenen zeigten, Palmen und Eingeborene und eine Löwenjagd oder dergleichen. Jedenfalls sehe ich solche Szenen vor mir, wenn ich im Zusammenhang meiner Kindheit an Guinea denke. Guinea stand immer für Geheimnis, Ferne, Abenteuer und, ja: Freiheit.

Professor Kühne ist zufrieden. Er hat sich Notizen gemacht, jetzt steht er auf und will mich in Ruhe lassen, damit ich ungestört meinen Nachmittagstee trinken kann. Sehr rücksichtsvoll von ihm. Was er allerdings mit dem Ganzen bezweckt und was ihn so zufrieden gemacht hat an meinen Erinnerungen, entzieht sich meinem Begreifen.

Es ist doch egal, woher ich das Traumbild habe. Hauptsache ist doch, wofür es steht und dass es mich leitet. Dass es mir ein inneres Licht geworden ist, das den Weg weist. Oder nicht?

Als er schon an der Türe ist, rufe ich ihn noch einmal zurück.

„Herr Professor", frage ich ihn, „sind Sie ein gottesfürchtiger Mann?"

„Warum fragen Sie das?"

„Ich möchte es gern wissen."

„Warum möchten Sie es wissen? Ist das wichtig für Sie?"

„Nun, ich möchte gern wissen, mit wem ich es zu tun habe", antworte ich.

Er überlegt und nickt dann. „Ich glaube nicht, dass Gott jemand ist, vor dem wir uns fürchten müssten. Meine Vorstellung von Gott ist eher die einer umfassenden Güte und Fürsorge. Gott ist für mich, wie die Liebe, eine Macht, die in jedem von uns wohnt und deren Berührung uns Heilung und Licht schenkt."

„Weise geantwortet", sage ich.

„Und Sie? Was ist mit Ihnen, Herr Aschenbach?"

Es freut mich, dass er fragt.

„Ich habe eine ähnliche Erfahrung gemacht", sage ich und lächle.

Er wiederum lächelt sein gewinnendes Das-schaffen-wir-schon-Lächeln und meint:

„Na, dann lassen Sie uns beide auf diese Hilfe vertrauen! Ich bei den Gesprächen, die ich mit Ihnen führe, und Sie auf dem Weg heraus aus dem Gefängnis."

Ich nicke.

„Damit rechne ich fest", sage ich ernst und lasse es offen, ob ich Gottes Hilfe oder den Weg aus dem Gefängnis meine.

Beinahe regelmäßig übe ich Meditation. Ich sitze in der Mitte meines Zimmers, mit dem Rücken zur Tür, auf einem schwarzen Rosshaarkissen. Ich habe den Lotossitz einigermaßen erlernt, sitze aufrecht ohne Anstrengung und spüre, wie mein Oberkörper auf dem statischen Dreieck meiner untergeschlagenen Beine ruht. Ich zähle meinen Atem, bis ich einen Zustand geistiger Sammlung erreiche. Dann ist mein Kopf ganz leer. Ein Gedankengemurmel im Hintergrund, ein Aufzucken von Impulsen und Affekten, ein beobachtender Satz, aber an nichts halte ich mich fest, lasse alles weitergehen im Strom der Gedanken.

Eine halbe Stunde halte ich für gewöhnlich durch. Dann wird das Kribbeln in den Beinen zu aufdringlich, und die geistige Spannung lässt nach. Manchmal habe ich auch mit bleierner Müdigkeit zu kämpfen, das sind die weniger ergiebigen Sitzungen.

Meine Gedanken machen meine Welt. Dieser Satz lässt mich nicht los. Ob ich damit jener Wirklichkeit und Wahrheit auf die Spur komme, die Buddha meint, weiß ich nicht. Aber ich habe die Vorstellung, dass ich damit meine eigenen Gedanken, die mir ständig eine Welt aufbauen, zum Verstummen bringe und der Geist offen wird, das Herz frei wird für etwas, was sich die ganze Zeit dahinter verbirgt. Ich bin neugierig, rechne mit allem und nichts. Einfach in die Leere vorstoßen, stelle ich mir vor.

Nach einer Meditation fühle ich mich frisch, ruhig und empfangsbereit. Ich lasse kommen, was kommt. Ich bin gelassener als sonst. Selbst das Verschwinden von Thelonious macht mir nichts aus.

Heute mache ich es wie immer: Ich setze mich auf das Kissen, verschränke die Beine, balanciere den Oberkörper aus, atme tief ein und aus. Bald verschwinden die penetranten Gedanken, die Aufmerksamkeit wollen, ich lasse mich sacht in den Strom und lausche, warte auf nichts, sitze einfach und atme.

Es wird still in mir. Die Stille ist virulent, wimmelt vor Energie. Eine Kraft breitet sich aus, durch meinen Körper hindurch und hinaus ins Zimmer. Ich bin im Einklang mit mir, nichts stört, niemand zweifelt, ich bin nur ein kleines, offenes, waches Ich, das da ist.

Allmählich verschwimmt das Bewusstsein, als einzelnes Ich dazusitzen, der Atem wird groß und füllt den Körper aus, fließt hinaus und wird zu einem Strahlen. Ich weiß nicht mehr, wer ich bin. In kleinen Reflexionssplittern wird mir das klar. Ich stelle es mit Verwunderung und Heiterkeit fest. Da ist eigentlich gar nichts, jedenfalls nichts das, was ich immer glaubte. Die ganze bedeutungsvolle, verstockte Welt, die ich mit mir herumtrage, zerfällt. Ein kleines Stück Kraft, das nicht mehr grundsätzlich verschieden ist von der Kraft um mich her.

Ich atme. Ich lausche.

Was ist da noch? Was ist in Wahrheit?

Und plötzlich, wie ein Schwertschnitt, bricht ein Abgrund auf. Blut spritzt, von den Wänden rinnen schreiend rote Bahnen, das Zimmer ist zerwühlt, Untiere haben gehaust, ich erkenne es, die Angst schießt in mir hoch, quecksilbrig und heiß, da fällt ein Mensch, ein geliebter Mensch, zerhackt von Schlägen, Blut überall, Schreie, Stöhnen, ein Stammeln, sie liegt auf dem Boden in einer Pfütze aus Blut, Untiere, Unholde, ich sehe sie flüchten, schwarze Gestalten, über die Terrasse, mein Haus, unser Haus, und sie liegt da, reglos, der Kopf eine dumme Kugel, die baumelt, als ich sie hochhebe, aber ich kann sie nicht berühren, nichts berührt mich, ein Feuer brennt in mir, Angst und Schmerz, Angst und Schmerz ...

Ich muss geschrieen haben. Ich liege auf dem Boden, als Hände mir aufhelfen.

„Herr Aschenbach, was ist denn los?"

Mein Gesicht ist nass, vor Tränen, vor Schweiß. Ich kann nicht ausdrücken, was ich erlebt habe. Es kam so plötzlich.

„Ich hab's gesehen", sage ich nur.

Man legt mich ins Bett, ich sehe das schwarze Rosshaarkissen noch daliegen, unschuldig, sinnlos wie ein vergessenes Ausrufungszeichen. Man deckt mich zu, es piekt in meinen Arm.

Ich erblicke die vertrauten Gesichter, die weißen Kittel, dann das Gesicht von Doktor Kühne.

„Alles in Ordnung, Herr Aschenbach", sagt er. „Sie sind in Sicherheit! Es war nur ein Flashback."

Ich weiß nicht, was ich gesprochen habe. Vielleicht mehr, als mir klar ist. Flashback? War ich auf einem Trip? Buddhas Trip. LSD. Erleuchtetes Bewusstsein. Was war das? Ich muss es wissen. Ich bin müde. Erst einmal schlafen.

Makyo, denke ich, bevor ich ins Dunkel gleite. Makyo ...


Geblieben ist die Angst. Die Angst, die ich in diesem Raum gespürt habe, der Schrecken der blutüberströmten Toten, der schwarzen Männer, die flüchteten, das Grauen der ganzen Situation, die wie ein Alptraum ist, unwirklich, beklemmend.

Warum diese Angst?, frage ich mich. Es ist eine Angst nicht nur vor Verlust, nicht nur vor Schmerz. Es ist eine Angst vor Vernichtung, vor dem Ausgelöschtwerden. Ich wache morgens auf, und sie ist da. Ich sitze beim Frühstück mit den anderen, und sie steckt mir in der Kehle. Ich sitze in meinem Zimmer am Schreibtisch, und die Knie zittern mir. Ich höre im Gesprächskreis von Frau Doktor Niemeyer den anderen Teilnehmern zu und halte es kaum auf meinem Stuhl aus, verknote die Finger, will am liebsten aufspringen und weglaufen, schreien, gegen die Wände schlagen, etwas tun, irgendetwas.

Die Angst hat zwei Gesichter. Sie ist kalt, starr, sie lähmt mich. Das Denken wird ausgelöscht, ich starre ins Leere, ich stehe im Nichts, ringsum ein kalter, weiter Raum, der alles vernichtet. Ich bin nichts. Ich bin nirgends. Es gibt nichts zu tun, nichts abzuwenden, es ist alles blank und harsch wie die Arktis. Eine hypnotische Leere, und die Angst sticht und schmerzt und erfüllt mich, bis ich nur noch sie bin. Ich trinke Schnee. Meine Eingeweide sind aus Eis. Vor lauter Hoffnungslosigkeit will ich in Schlaf sinken, aber ich bin wach, gnadenlos wach.

Dann wieder ist die Angst eine beklemmende Hitze, aufsprudelndes Magma, das mich überfüllt und ausbrechen will, das mich drängt loszulaufen, um Hilfe zu schreien, zu kämpfen, ich halte es nicht aus am Ort, halte gar nichts aus, will aus der Haut fahren und mich irgendwo in Sicherheit bringen, aber nirgends ist Sicherheit, meine Hände fahren haltlos in die Welt und greifen wahllos Dinge, eine Wahl ist nicht möglich, ein Wille auch nicht, ich bin nur noch gehetzt, auf der Flucht, panisch.

Ich erzähle Doktor Kühne von der Angst. Er hört es sich ruhig an, nickt verständnisvoll. Das

Schlimmste ist, sagt er, die Angst vor der Angst. Die Angst, dass die Angst nicht mehr aufhört, sondern sich steigert bis ins Unermessliche. Er fordert mich auf, die Angst in eine Skala einzuteilen von eins bis zehn. Lächerlich. Was ist zehn?, frage ich. Nicht mehr steigerbar, antwortet er. Ich versuche es. Soll ich zehn sagen, weil ich es fast nicht mehr aushalte? Soll ich abgebrüht sein und denken: Es gibt immer noch eine Steigerung, und gelassen sagen: sechs? Soll ich die Absurdität einer gemessenen Angst illustrieren und sagen: hundert?

Ich versuche es. Nach mehrmaligen Versuchen, auch im Alltag, hilft es tatsächlich. Das Wichtigste, was Sie erfahren müssen, sagt Doktor Kühne, ist dies: Die Angst wächst nur bis zu einem bestimmten Grad. Dann bleibt sie stehen. Es wird *nicht* immer schlimmer. Vertrauen Sie darauf!

Ich denke: Makyo. Ein buddhistischer Begriff. Er bedeutet wörtlich Teufelswelt und bezeichnet Illusionen und Halluzinationen, Teufelsspuk, der beim Meditieren auftreten kann. Er wird vom Ich produziert und braucht nicht beachtet zu werden. Er ist nichtig, Schein, Täuschung. Das Beste: einfach konzentriert weitermeditieren.

Das kann ich nicht. Das will ich nicht.

Mir dämmert etwas: Meine Gedanken machen die Welt, ja, aber dieses Denken wurzelt tiefer, als der Wille und das Bewusstsein reichen. In mir dräut ein Abgrund, der so mächtig ist, dass ich lieber nicht daran rühren will. So tief hinabsteigen, das Denken so sehr untergraben, dass es zusammenstürzt – das traue ich mir nicht zu. Das Gefängnis, in dem ich stecke, ist übermächtig groß, ist zu komplex, unentrinnbar. Wie soll ich das je schaffen? Der Ursprung liegt tiefer verborgen unter einem dichteren Schleier, als wir uns das je vorgestellt haben. Das ist mit ein bisschen Hobbymeditation nicht zu machen. Das erfordert ein ganzes Leben, ein Leben der Askese, der Mystik vielleicht, der Hingabe. Man muss erfahren werden auf diesen nachtdunklen Wegen. Das ist nicht mein Ding. Mag es eine Wirklichkeit am Ende des Tunnels geben, eine andere, große, wahre. Mir ist es im Moment genug, wenn ich meine eigene, kleine Wirklichkeit retten kann.


Doktor Kühne spricht von Intrusion. Das Aufsteigen unbewusster, verdrängter Inhalte hinein in das gegenwärtige Erleben. Wie Magma aufsteigt und sich in oberflächige Gesteinsschichten ergießt.

„Sie sind da mit etwas Verdrängtem in Berührung gekommen, Herr Aschenbach", sagt er. „Das ist an sich ein gutes Zeichen. Nur sollten wir behutsam vorgehen. Sie allein können vielleicht nicht entscheiden, ob Sie reif für einen solchen Kontakt sind."

„Ich spüre den Kontakt", sage ich. „Ich spüre es prickeln und zerren. Er ist noch aktiv."

„Sie müssen sich Zeit lassen. Es wird von selbst kommen. Forcieren Sie es nicht!"

Er empfiehlt mir, die Meditationsübungen auszusetzen, und räsoniert eine Zeit lang darüber, inwiefern sich Hypnose und Meditation ähnlich seien.

Ich spüre die Anspannung. Ständig. Es gibt nur wenig Augenblicke, in denen ich ruhiger und sorgloser bin. In denen ich mich sicher fühle. Die Luft flimmert, als könnte sich jederzeit ein Riss auftun und Ungeheuer gebären. Ich spüre die Gegenwart der schwarzen Gestalten.

Ich weiß jetzt, dass etwas Furchtbares geschehen ist. Mit einem Menschen, den ich geliebt habe. Vielleicht mit meiner Frau, die ich nicht habe. Vielleicht ist doch alles ganz anders, als ich geglaubt habe. Das kann ich jetzt nicht ausdenken. Nur fällt mir immer wieder der Satz ein, den dieser Christian bei seinem Besuch gesagt hat: ... *nach dem, was mit Mutter passiert ist.*

Er hat es angstvoll gesagt. Er hat davon nicht wie in der Vergangenheit gesprochen, sondern wie von etwas Gegenwärtigem. Ein Verhängnis, das jederzeit über uns hereinbrechen könnte. Er hat es umschrieben, nicht gewagt, es zu benennen. Er ließ das Grauen ahnen. Er wollte mich schonen, damit ich es nicht sehen, damit ich es nicht erinnern muss.

Wer war meine Frau?

Was ist geschehen?

Mir sind Beruhigungsmittel verordnet worden.

Heute bin ich nicht gut beieinander. Meine Gedanken sind so träge. Ich bin so müde. Das kommt von den Tabletten, ich weiß. Sie sedieren.

Immer noch besser als die schwarzen Gestalten. Oder?

Was will ich?

Ich komme hier nie heraus.

Guinea.

Ach, das nützt doch alles nichts ...

Ich kann mich nicht damit abfinden, dass Thelonious nicht mehr da sein soll. Immer wieder gehe ich den gewohnten Weg, stehe vor der Stahltür mit der Aufschrift *Heizungsraum*, probiere die Klinke, klopfe, nichts. Ich kann nicht glauben, dass er einfach so verreist ist. Er hätte sich vorher verabschiedet. Und selbst wenn: Ich weiß, dass er irgendwann zurückkommen wird.

Es werden auch Kreativkurse angeboten: Töpfern, Gestalten, Malen, solche Dinge. Bei einer Frau Kohlhammer-Eggert, die füllig ist und nach saurer Milch und medizinischer Salbe riecht. Sie fuhrwerkt gern mit ihren Händen in der Luft herum und redet dauernd von „Emotion". Wir sollen unsere Emotionen ausdrücken. Die anderen, sofern anwesend, feilen an einem Speckstein herum oder kneten Tonbatzen oder rühren mit Pinseln in Wassergläsern. Anfangs sitze ich da und weiß nicht, was ich tun soll. Mit kreativem Handwerk habe ich bisher nichts zu tun gehabt. Sie schlägt mir vor, ich solle doch ein Bild malen. Sie beugt sich über meine Schulter und ich habe ihren penetranten Geruch in der Nase. Unbemerkt weiche ich zurück, hart an den Grenzen der Höflichkeit.

Ich solle ausdrücken, was mich bewegt, wie ich mich fühle. Es muss kein gegenständliches Bild sein, sagt sie, einfach Farben und Formen.

Na, denke ich, das ist schnell passiert. Ich mische mit dem Pinsel Tempera-Schwarz an und pinsle das ganze Blatt voll, lasse in der Mitte einen kleinen Kreis und fülle ihn dann mit fettem Gelb. Fertig. Sie wollten wissen, wie ich mich fühle? So!

Sie zeigt sich beeindruckt, wird ernst, bekommt einen mitfühlenden Ton. Der ist durchaus unangebracht. Sie fragt, ob sie das Bild mitnehmen darf, um es Doktor Kühne zu zeigen. Meinethalben.

Später denke ich mir, dass man das eigentlich anders machen sollte. Wie wir damals, im Kindergarten. Wir malten mit Wachsmalstiften; die rochen herrlich nach Bienenwachs und knipsten, wenn man die Spitze vom Blatt hob. Ich nahm damals also ein Papier und malte es mit bunten Farben voll. Dann malte ich behutsam mit Schwarz darüber, sodass das ganze Blatt mit einer schwarzen Wachsschicht bedeckt war. Danach nahm man einen der Plastikschaber, die in den kleinen Blechschachteln beilagen, und kratzte damit die schwarze Schicht stellenweise ab, sodass die Farben darunter hervorkamen. Man kratzte Umrisse und Gestalten, die bunt im Schwarz leuchteten.

Frau Kohlhammer-Eggert findet die Idee gut. Sie kann sich erinnern, das im Kindergarten auch gemacht zu haben.

„Das ist natürlich alles seeehr symbolisch", sage ich ironisch.

„Das macht nichts", erwidert sie. „Symbole begreift man nicht mit dem Kopf, sondern mit den Sinnen. Man muss sie nachvollzüglich begreifen, verstehen Sie?"

Sie sagt tatsächlich *nachvollzüglich*.

„Versuchen Sie es doch einmal!", ermutigt sie mich.

Eigentlich ist mir diese Rohrschach-Mentalität zuwider, aber um ihr einen Gefallen zu tun, fange ich an. Nehme eine Blechschachtel Wachsmalstifte, ein großes Blatt, und male es mit bunten Farben voll. Das macht Spaß: ein Kreis leuchtendes Gelb, ein Quadrat aus Dschungelgrün, eine blaue Wolke, ein knallrotes Dreieck. Dann wird es floral, und im Handumdrehen ist das Blatt voll. Nun lege ich die Schicht Schwarz darauf, rieche das Wachs, sehe die Farben unter der Nichtfarbe verschwinden. Merkwürdiges Gefühl. Aber ich bin nicht behutsam genug, drücke zu stark, und die darunterliegenden Farben verschmieren. Mist! Bis das ganze Bild bedeckt ist, gibt es eine Sauerei; meine Hände sind schwarz, besonders an den Handballen, überall hinterlasse ich Abdrücke, und als ich endlich mit dem Schaber herangehe, kratze ich zu tief und reiße die Farben mit weg und das Papier auf. Ich werde wütend und zerreiße in einem Anfall von Empörung das Papier.

Das ist doch alles Kinderkram! Wer bin ich denn? Nur weil ich bunte Farben unter schwarzer Wachsfarbe verschwinden und wieder auftauchen sehe, geht es mir nicht besser. Ich will da nicht mehr hingehen. Aber Doktor Kühne besteht darauf. Es gehöre zum Wochenplan.

Nachdem ich dort also untätig herumgesessen und den anderen zugeschaut habe, kommt mir eine Idee. Ich sichere mir beim nächsten Mal gleich den feinen Tintenstift und Holzfarbstifte, nehme mir einen feinen Bogen Pergament und beginne, eine Karte zu zeichnen. Die britische Insel, aus dem Kopf, mit Flüssen und Hochländern und Städten. Das macht Spaß und beschäftigt mich. Es lenkt mich von der Angst ab und entspannt mich. Mit Karten kenne ich mich aus. Ich liebe Karten, und schon als Kind habe ich Karten gezeichnet. Das ist etwas, was ich kann.

Oft liege ich auf meinem Bett, die Glieder ganz entspannt, und versuche, meinen Kopf leer zu machen. Nicht wie in der Meditation, aber mit dem Ziel, etwas in mir zur Ruhe zu bringen. Manchmal habe ich das Gefühl, dass irgendetwas in mir verstummen muss. Als würde ich mir ständig eine Geschichte erzählen, oder etwas in mir. Manchmal schaffe ich es, dass es aufhört. Stille herrscht dann. Zum ersten Mal werden meine Gedanken frei und können aufnehmen. Aber was? Es ist noch nichts da. Das tut gut.

Draußen auf den nassen Steinplatten bin ich ausgerutscht und gestürzt. Man hat mir aufgeholfen, ein Arzt hat mich untersucht. Zum Glück nichts gebrochen, ein blauer Fleck, eine Muskelzerrung. Eine Frau in weißem Kittel bringt mich zu meinem Zimmer.

Sagt sie.

Als ich die Tür öffne, starre ich in einen fremden Raum. Kahl und ungemütlich, verglichen mit meinem Zimmer.

„Das ist nicht mein Zimmer", sage ich höflich.

„Aber natürlich, Herr Aschenbach", erwidert sie freundlich. „Das war schon immer Ihr Zimmer."

Das könnte jetzt eine Weile hin und her gehen, aber ich habe dafür keine Geduld.

„Das ist nicht mein Zimmer, und wenn Sie versuchen, mich zu verlegen, dann weigere ich mich entschieden! Bringen Sie mich jetzt bitte zu meinem Zimmer!"

Die Frau ist schlau.

„Und wo ist Ihr Zimmer?", fragt sie. „Wenn es Ihr gewohntes Zimmer ist, dann müssen Sie ja den Weg dorthin kennen."

„Allerdings", sage ich. „Ich war durch den Sturz nur etwas verwirrt."

Ich mache kehrt, bis zu dem Arztzimmer, in dem ich vor Minuten noch gesessen habe, und finde meinen Weg. Natürlich finde ich den Weg zu meinem Zimmer. Im Schlaf!

Ich öffne die Tür – und starre in denselben fremden, kahlen Raum wie vorher. Die Frau steht an der Wand hinter mir, aber sie gönnt sich nicht den kleinen Triumph, sondern sagt fürsorglich:

„Sehen Sie, Herr Aschenbach, das muss Ihr Zimmer sein."

„Das kann nicht sein. Mein Zimmer sieht völlig anders aus. Die Einrichtung. Die Wände."

„Dann schauen wir doch mal, ob Ihre Sachen da sind", sagt sie und führt mich hinein.

„Sehen Sie", sagt sie, „dort auf dem Schreibtisch steht Ihr Globus."

„Das da? Das ist ein billiger Plastikglobus, für Kinder! Ich habe einen großen, aus Holz mit Pergamentbespannung."

„Und hier", sagt sie, „ihr Sitzkissen."

Das allerdings stimmt. Es ist mein schwarzes, mit Rosshaar gefülltes Sitzkissen, auf dem ich immer zum Meditieren gesessen habe. Zumindest ist es eines, das genauso aussieht.

„Und hier", sagt sie und deutet auf das schmucklose Nachttischchen neben dem Metallrohrbett, „Ihre Lesebrille."

Auch das kann ich nicht leugnen.

„Natürlich haben Sie die Sachen hier platziert, um mich zu verwirren. Sie wollen mich umverlegen oder haben heimlich mein Zimmer ausgeräumt, während ich draußen war."

„Ich habe gar nichts gemacht", ereifert sich die Frau. Inzwischen ist ein Mann in weißem Kittel dazugekommen und fragt, ob es Probleme gibt.

„Die gibt es allerdings", sage ich, „wenn ich nicht sofort in mein altes Zimmer komme!"

„Suchen Sie sich doch Ihr altes Zimmer", sagt die Frau nun ungeduldig. „Gehen Sie los und suchen Sie es! Sie werden kein anderes als das hier finden!"

„Hören Sie, ich weiß nicht, wie Sie das gemacht haben – und ich meine jetzt nicht Sie im Besonderen –, es ist mir auch egal. Dies ist nicht mein Zimmer, das ich gewohnt bin und in dem ich lebe, seit ich hier ans Institut gekommen bin. Da all das nicht so einfach verschwinden kann, muss es eine Erklärung dafür geben. Und kommen Sie mir nicht mit meinen persönlichen Gegenständen, die Sie hier ..."

Da fällt mir plötzlich etwas ein. Ich eile zum Schreibtisch, der tatsächlich noch mein alter, wuchtiger Schreibtisch aus Kirschbaum zu sein scheint, hole den Schlüssel aus der Schublade, öffne damit das Schränkchen und entnehme dem Fach die Schatulle, in der ich meine Guinee aufbewahre. Die scheint zumindest noch am Platz zu sein. Vermutlich mitsamt dem Schreibtisch hierhertransportiert.

Ich öffne die Schachtel. Darin wird es liegen, das mattglänzende, runde, schwere Stück Gold, freudiges Gold aus Guinea, das Thelonious mir geschenkt hat, und ich werde sie in die Hand nehmen und ihr Gewicht spüren und den geriffelten Rand ...

Natürlich ist sie verschwunden.

Stattdessen liegt eine billige Blechmarke darin, so wie sie Kinder zum Polizeispielen gebrauchen, es steht sogar FBI darauf. Ein Witz! Jemand will mich verspotten.

„Und meine Guinee ist auch gestohlen worden", sage ich und kann es nicht fassen. Zimmer hin oder her, aber das ist Diebstahl!

„Sehen Sie, hier war sie drin. Abgeschlossen. Jemand muss den Schlüssel gefunden und die Münze gestohlen haben, ausgetauscht gegen das hier."

„Herr Aschenbach", sagt der hinzugekommene Mann im weißen Kittel, ein Schwarzer, ich erkenne ihn wieder, er ist derjenige, dem ich die Guinee einmal gezeigt habe, „Sie haben nie eine Guinee besessen! In diesem Etui war immer schon eine Blechmarke darin. Erinnern Sie sich? Sie haben Sie mir einmal gezeigt, und ich habe Ihnen gesagt, dass das nur eine Blechmarke ist."

„Ja", sage ich und werde die Faxen allmählich dicke, „ein sonderbarer Zufall, dass gerade jetzt so eine Blechmarke darin liegt. Finden Sie nicht? Am Ende waren Sie es, der die Guinee gestohlen hat."

Ich merke, dass sie meine Logik nicht nachvollziehen können. Aber für mich liegt alles klar auf der Hand. Dass sie mir einreden wollen, ich hätte die Guinee nie gehabt, ist nicht nur der Gipfel der Unverfrorenheit, sondern macht mir auf unheimliche Weise bewusst, dass sie es darauf angelegt haben, mich verrückt zu machen.

Mich zu verwirren, mich dazu zu bringen, ihre Version der Wirklichkeit zu glauben. Eine Gehirnwäsche, das ist es!

Der Professor wird geholt.

Einstweilen sitze ich in dem kahlen, unwohnlichen Raum und halte noch immer das Etui in der Hand mit dem unseligen Blechding. Nein, in diesem Zimmer kann ich nicht bleiben. Ich brauche mein Eichenholzbett, meine getäferten Wände, meinen Globus, die bequemen Sessel, die alten Ölgemälde, die persischen Teppiche. Das hier ist so öde wie ein Krankenzimmer.

Professor Kühne hat erst in einer Stunde Zeit. Ich gehe nach draußen vor das Gebäude und blicke auf den spätsommerlichen Park. Dann gehe ich wieder hinein und kaufe mir beim Kiosk eine Packung Zigaretten. Ich habe seit ewigen Zeiten nicht mehr geraucht, aber jetzt verlangt es mich danach. Ich stelle mich hin, den Mantelkragen hochgeschlagen, es ist kühl, Hochdruckwetter, und rauche. Ziehe an dem Filter, die Glut leuchtet auf, frisst sich die Papierhülse entlang, blase den Rauch aus, ein Ritual, das mich befriedigt. Ich rauche nicht wie früher auf Lunge, sondern paffe so halb. Trotzdem muss ich ein paar Mal husten.

In einem Buch habe ich mal gelesen, dass ein chinesischer Reisender in Deutschland dieses Tabakverbrennen als Rauchopfer gedeutet hat. Ja, vielleicht stimmt das. Vielleicht bringt man

Rauchopfer dar, irgendeinem Gott, dem Gott der Besinnung und der Ruhe, vor den man tritt, wenn man mal allein sein will. Es hat etwas von einem Ritual, und es kommt etwas dabei heraus: Dutzende Züge aus Rauch.

Danach setze ich mich in den Aufenthaltsraum und schaue ein wenig fern.

Ich weiß nicht, was ich von dem Gespräch mit Professor Kühne erwarte. Im Grunde habe ich schon Vertrauen zu ihm, aber er ist ja der Erste, der mir einreden will, meine Wirklichkeit sei nicht die wahre. Der mir eine andere Wirklichkeit verkaufen will, eine hanebüchene, unausdenkliche.

Ich komme mir ziemlich alleingelassen vor, wie ich da so sitze in dem leeren Raum mit den seelenlosen Bildern des Fernsehapparats. Vor lauter Einsamkeit überkommt mich Selbstmitleid. Wo soll ich hin, wenn mein Zimmer verschwunden ist? Wie soll ich es hier noch aushalten? Zu viel hat sich in letzter Zeit verändert. Thelonious fehlt mir mehr denn je.

Schließlich werde ich in das Büro des Professors gebeten, und auch da finde ich nicht den gemütlichen Raum vor, den ich von früher kenne. Es ist wieder der nüchterne Besprechungsraum, in dem er mir wie ein Arzt vorkommt.

Er begrüßt mich freundlich und zuvorkommend und eröffnet mit einer harmlosen Frage das Gespräch. Ich erkläre ihm, auf Ruhe und

Vernunft bedacht, den Sachverhalt. Er hört sich meine Argumente an und sagt dann:

„Ich kann mir gut vorstellen, wie Sie sich fühlen, Herr Aschenbach. Das muss sehr verwirrend und beängstigend für Sie sein. Aber, sehen Sie, wir wollen Sie nicht täuschen oder betrügen oder Sie in eine Falle locken. Wir sind hier, um uns um Sie zu kümmern. Es wird Ihnen schwerfallen, mir Glauben zu schenken, wenn ich Ihnen sage, dass die Dinge in Wahrheit nicht so liegen, wie Sie sie mir geschildert haben oder wie Sie sich daran erinnern."

Dann erklärt er mir tatsächlich, dass mein Zimmer immer schon so aussah wie dasjenige, in das mich die Frau geführt hat. Dass ich nur monatelang etwas anderes daraus gemacht habe, dieses Bild von der Gelehrtenstube an einem Geografischen Institut. Ich hätte in letzter Zeit gute Fortschritte gemacht, und hätte er noch vor ein paar Monaten mit mir gesprochen, hätte er mich in meiner Eigenwirklichkeit bestätigt, um mich nicht zu sehr zu verwirren. Aber jetzt sei der Zeitpunkt gekommen, da er mich mit der Wirklichkeit und mit meinem Wahn konfrontieren müsse. Es sei ja kein Zufall, dass ich mein Zimmer nicht wiedererkennte.

Ich bin offengestanden enttäuscht. Was er mir zu sagen hat, habe ich schon mehrere Male zuvor von ihm gehört. Er hat es sich in den Kopf gesetzt, mich von seiner Wirklichkeit zu überzeugen. Als ob alles, was ich erlebt und gesehen und in der Hand gespürt hätte, nicht wahr wäre. Als ob alles an meiner Welt falsch wäre. Er versteht nicht, was in mir vorgeht. Und ich weiß, er wird mir in der Frage meines Zimmers nicht helfen.

Zu der Sache mit der Guinee hat er auch nichts anderes zu sagen. Er habe von jenem Pfleger, den ich beschuldige, von dieser Blechmarke gehört und dass ich sie als eine Goldmünze ansähe. Das habe er sich gemerkt und sich gefragt, ob das vielleicht ein Nachspiel habe. Nun sei es also soweit, und es sei für mich natürlich sehr verwirrend, dass zwei Dinge gleichzeitig sich verändert hätten: mein Zimmer und die Münze.

Ich lasse mich herab, ihm zu erklären, dass die Guinee ein Geschenk Thelonious' sei und was sie mir bedeute, besonders im Hinblick auf Guinea, aber das fruchtet bei ihm nichts.

Auch hier müsse ich ihm einfach glauben, dass diese Blechmarke nie etwas anderes gewesen sei als eine Blechmarke und ich mir die Goldmünze und das Beschenktwerden durch Thelonious nur eingebildet hätte. Er sagt nicht *eingebildet*, aber er meint es.

„Sie wollen allen Ernstes, dass ich Ihnen das glaube?", frage ich ihn. „Was würden Sie sagen, wenn die Leute um Sie herum Ihnen plötzlich erzählten, dies sei ein Geografisches Institut und die Insassen alle wissenschaftliche Gäste? Sie seien gar kein Arzt, sondern Institutsleiter und Mitglied der *Royal Geographical Society*? Können Sie ermessen, was für eine wahnwitzige Forderung das wäre?"

Der Professor lächelt. „Sie haben recht, Herr Aschenbach. Das wäre in der Tat eine Herausforderung, und ich weiß nicht, ob ich bereit wäre, sie anzunehmen. Aber nach einiger Zeit, wenn alle anderen darauf insistierten, würde ich dem Zweifel an meiner Sicht Raum geben und versuchen zu prüfen, ob das zutreffen könnte. Ich meine, wenn alle anderen das sagen, muss ja etwas daran sein."

„Ist denn die Wahrheit für Sie eine Frage der Mehrheit?"

„Nicht unbedingt. Auch die Mehrheit kann irren."

„Weshalb können Sie sich dann zum Richter über eine Wirklichkeit aufschwingen, die zwar singulär und subjektiv ist, aber nichtsdestoweniger genauso wahr sein kann wie Ihre?"

„Herr Aschenbach, das ist keine philosophische Frage. Es geht um Sie. Um Ihr Leben!"

„Ja, genau. Wie können Sie einfach meine Erfahrungen als Wahn abstempeln?"

„Herr Aschenbach, ich disqualifiziere nicht Ihre Erlebnisse und Erfahrungen. Ich ziehe auch nicht in Zweifel, dass Sie tatsächlich etwas erlebt und erfahren haben. Das ist ja das Wesen des halluzinösen Wahns: dass die Sinne wirklich Wahrnehmungen liefern. Nur stimmen sie nicht mit der objektiv bestimmbaren Realität überein."

„Was heißt hier objektiv bestimmbar? Was bitte ist am Innenleben, an den Gefühlen und Gedanken, an den Interpretationen, Werten und Haltungen eines Menschen objektiv bestimmbar? Sie gehen von einem völlig reduzierten Realitätsverständnis aus, wie es für den Naturalismus typisch und verhängnisvoll ist."

„Herr Aschenbach, ich führe mit Ihnen keine philosophische Diskussion ..."

„Das finde ich sehr bedauerlich."

„Sondern ich versuche Ihnen begreiflich zu machen, dass dieses Zimmer *Ihr* Zimmer ist und dass Sie nie eine Goldmünze besessen, sondern diese Blechmarke dafür gehalten haben."

„Können Sie das beweisen?"

„Nun ... Fotos von Ihnen in diesem Zimmer haben wir keine gemacht. Und niemand außer diesem Pfleger hat die Blechmarke gesehen."

„Sie können mir Ihre objektiv bestimmbare Realität also nicht beweisen, habe ich recht?"

„Herr Aschenbach, so kommen wir nicht weiter. Dass Sie im Moment sich außer Stande sehen, die Wahnhaftigkeit dieser Sachverhalte einzusehen, kann ich gut verstehen. Das braucht Zeit."

„Ich will mein altes Zimmer zurück. Und ich

will, dass man die Guinee wieder beibringt, egal, ob sie nun gestohlen oder vertauscht oder was immer wurde!"

„Sehen Sie, deshalb kommen wir so nicht weiter. Sie sollten versuchen, sich mit dem Gedanken Ihres Wahns vertraut zu machen. Sie sollten versuchen, mir – uns – zu glauben. Und bis Sie soweit sind, müssen Sie die Sachlage einfach akzeptieren."

„Ich könnte das Institut verlassen", sage ich. „Ich bin ein freier Mensch. Auch wenn das die letzte Option wäre."

„Im Augenblick sind Sie freiwillig hier, das stimmt. Wir haben Sie nicht auf der geschlossenen Abteilung untergebracht, weil Ihr Verhalten weder selbst- noch fremdgefährdend war. Aber wenn Sie auf diese Weise und aus diesen Gründen die Klinik verlassen wollen, werde ich binnen Kurzem eine Einweisungsverfügung erwirken können, ohne Probleme. Sie sind nicht in der Lage, Herr Aschenbach, in den berufstätigen Alltags zurückzukehren. Sie sind nicht in der Lage, sich allein zu versorgen und Ihr Leben zu meistern. Sie leiden unter einem schweren Trauma, von den Wahnschüben ganz abgesehen. Sie *müssen* hierbleiben. Und das wissen Sie auch."

Er ist sehr ernst und eindringlich geworden, der Professor. „Ich sagte ja: Es ist die letzte Option", erwidere ich kleinlaut.

„Denken Sie darüber nach, ob es die Goldmünze wirklich gegeben hat, und denken Sie darüber nach, ob nicht doch dieses neue Zimmer schon immer ihr altes sein könnte. Wir werden Sie darin unterstützen."

„Fritz hatte recht, wissen Sie?", fällt mir plötzlich ein.

„Wer ist Fritz?"

„Ich kann Ihnen nur *glauben*. Ich kann nur meine feststehende Ansicht in Zweifel ziehen und glauben, dass Sie recht haben, nicht ich. Der nächste Schritt liegt tatsächlich bei mir.

Aber warum sollte ich Ihnen recht geben?"

„Weil Sie krank sind. Und weil Sie das im Grunde wissen."

Ich zucke die Achseln.

Das Gespräch ist beendet.

Ich muss zurück in dieses Zimmer, in dem ich mich fühle wie ein Tier im Käfig. Ich verstehe nichts mehr. Ich verkrieche mich im Bett, in diesem kalten Metallrohrbett, und ziehe die Decke über den Kopf. Ich stehe ganz allein gegen eine ganze Gemeinschaft, die mich von ihrem Wahn überzeugen will. Die vor keinem Mittel zurückschreckt.

Ich habe Angst.

Ich krümme mich unter der Decke zusammen, weine mich in den Schlaf.

Ich liege auf dem Bett, mit geschlossenen Augen.

Ich träume.

Ich gehe eine staubige Straße entlang, ohne befestigten Randstreifen, staubiggrüne Felder zu beiden Seiten. Am Hitzehimmel quellen Wolkentürme, stehen fern über den bewaldeten Bergen. Der Horizont ist blau. In den Feldern arbeiten ebenholzschwarze Menschen mit bunten Gewändern. Eselskarren kommen an mir vorbei, hoch beladen mit Getreide und Mais. Ein Lastwagen dröhnt vorbei und hüllt mich in eine Staubwolke. Auf der Ladefläche sitzen Männer und Frauen, ihr Gepäck in den Händen. Der Bus nach Kindia am Fuß der Ganganberge, vollbeladen, ich gehe lieber zu Fuß.

Ich mag die allmähliche Annäherung. Die Gegend wird immer fruchtbarer, die Berge halten die Wolken auf, fangen den Regen ab, der vom Meer kommt. Abseits in den Feldern ein Maschendrahtzaun und moderne Gebäude, eine Schlangenfarm.

Ich wandere barfuß, einen Strohhut auf dem Kopf. Ich bin frei, zähle keine Tage und schon gar keine Minuten. Ich habe alles hinter mir gelassen, mein Kopf ist leer, meine Seele luftig und leicht und bereit für das, was kommen wird. Ich denke nicht mehr an das Institut, an diese Stadt, an meine armselige Existenz. Das alles ist vergessen. Ich wandere nur, komme den Bergen und dem Wald immer näher.

An einer Station hält der Bus, Fahrgäste springen ab, andere steigen auf. Als er abfährt, erreiche ich die Station. Ein Holzhaus mit überdachter Veranda. Im Innern ist es dunkel und stickig. An der Theke verlange ich eine Limonade. Der Wirt dreht sich um und öffnet den rostigen Kühlschrank. Ein Eisschrank, hier draußen gibt es keinen Strom. Es zischt leise, als er sie öffnet und mir hinstellt.

Draußen in der Sonne ist jetzt, aus dem Dunkel gesehen, alles grell.

Wohin unterwegs?, fragt der Wirt.

In die Berge.

Weiter Weg, sagt er.

Ich nicke.

Ich ruhe meine Füße aus und sitze auf einem Plastiksessel unter dem Vordach. Viel Verkehr. Die Bananenlaster aus den Plantagen. Es ist Mittag, die Dinge werfen hier in Äquatornähe kaum einen Schatten.

Meine Haut ist kupferbraun geworden, seit ich hier bin. Wie lange bin ich hier? Mein ganzes Leben.

Das Blau der Berge und des Waldes am Horizont locken mich. Die Menschen sind freundlich und vergessen die Zeit. Sie lächeln sehr weiß in ihren dunklen Gesichtern.

Manchmal komme ich an einen Brunnen und wasche mir Gesicht und Nacken. Zum Trinken ist es nicht geeignet, aber eigentlich kann mir das egal sein. Ich träume ja, und so schöpfe ich aus dem Zugeimer mit beiden Händen und schlürfe das kühle Nass, es schmeckt süß und leicht tonig.

Gegen Abend komme ich in eines der kleinen Dörfer und finde die Leute um ein Feuer sitzen. Sie kochen Eintopf und trinken aus Glasflaschen, man reicht mir ein Bier, riesige Nachtfalter schwirren im flackernden Schein. Hier werde ich schlafen können, weiß ich.

Sie respektieren mich, ohne mich zu kennen. Sie wissen nichts von mir. Ich weiß auch nichts mehr von mir. Ich weiß nur, dass ich ein Jemand bin, frei und ungebunden, ein entlassener oder entflohener Sklave, ein Mensch mit Menschenrechten, überall auf der Welt gibt es einen Platz für mich.

Die Männer erzählen Geschichten, Geschichten von den Weißen, den Vorarbeitern auf der Plantage, von den Bananenstauden, von ihrem Lohn und ihren Familien, die in den Hütten warten. Ich könnte bleiben und mitarbeiten. Ich könnte mein Auskommen haben und bei ihnen leben. Aber das Blau der Berge zieht mich weiter.

Es ist mein Guinea. Ich kann hingehen, wo ich will.

Ich will in die Berge. In den Wald.

Ich träume.

Das Essen schmeckt bitter. Da können sie sagen, was sie wollen. Heute gibt es Schnitzel Wiener Art mit Kartoffelsalat. Der Salat ist in Ordnung, aber beim zweiten Bissen Schnitzel merke ich es: einen bitteren Nachgeschmack, unauffällig, aber deutlich, wenn man einmal darauf aufmerksam geworden ist. Ich habe es untersucht: Es ist die Panade.

Ich habe das Essen stehen lassen. Ich warte bis zum Abendessen. Aber auch das hat einen bitteren Geschmack. Die Wurst. Das Brot. Sogar die Butter.

Ich weiß, was sie vorhaben. Sie schmuggeln mir Psychopharmaka unter, damit ich ihnen allmählich den Stuss von wegen Klinik glaube. Sie wollen mich einer Gehirnwäsche unterziehen. Unfasslich!

Hungrig gehe ich zu Bett und überlege, ob ich mich morgen in der Stadt mit Proviant eindecken soll. Ein Laib Brot, Margarine, ungekühlt haltbar, Dauerwurst, Konserven, so was eben. Als sie mir am nächsten Morgen wieder die Medikamente verabreichen wollen, Malariaprophylaxe, sagen sie, weigere ich mich. Malariaprophylaxe – da kann ich nur lachen! Frühestens drei Monate vor Abreise beginnt man damit, wer weiß, wo ich in drei Monaten bin. Nein, sie wollen mein Denken umkrempeln, das weiß ich. Ich weigere mich.

Natürlich folgt ein Gespräch mit dem Professor, und er versucht eine halbe Stunde lang, mich zu überreden. Ich höre gar nicht zu. Vielleicht sollte ich wirklich gehen. Dieses Institut verlassen. Ich bin ja ein freier Mann. Soll der Professor mir drohen, wie er will: Er wird es nicht schaffen, mich einfach einweisen zu lassen. Wo leben wir denn?

Er hat klein beigegeben, was soll er auch anderes tun?, und einstweilen mir meinen Willen gelassen. Sobald die Krankheit schlimmer werde, wenn es einen Rückfall gebe, würde ich von selbst zur Vernunft kommen.

Die einzige Krankheit, die ich habe, ist meine Gutgläubigkeit, mit der ich all diese Schikanen und finsteren Machenschaften bisher geduldet habe. Damit ist jetzt Schluss!

Um mich etwas zu beruhigen, arbeite ich an meinem Dossier weiter. Je länger ich schreibe und je mehr Quellen ich studiere, desto klarer und umfassender wird mein Bild von Guinea. Ich weiß jetzt mit Sicherheit, dass dies mein Land ist. Ich werde dorthin reisen, und ich werde meinen Traum verwirklichen.

Stundenlang sitze ich am Rechner, niemand darf mich stören. Wenn Essenszeit ist, schneide ich mir zwei Brote, bestreiche und belege sie und verzehre sie zu meinem Tee. Hoffentlich haben sie nichts ins Wasser getan. Die Arbeit tut mir gut. Ich komme zur Ruhe. Allmählich habe ich mich damit abgefunden, dass ich in diesem unbehaglichen Zimmer wohnen muss. Verziehen habe ich ihnen diese Attacke nicht. Aber ich vermag es mir dennoch gemütlich einzurichten mit dem, was ich eben habe.

Auch habe ich einen Brief an die *Royal Geographical Society* begonnen. Es wird Zeit, dass jemand die Zentrale in England über die Zustände hier am Institut in Kenntnis setzt. Ich erwarte eine Intervention und eine Entlassung des Leiters, Professor Kühnes. Das ist das Mindeste. Ich schreibe, dass meine Arbeit hier durch diese hinterhältigen Machenschaften gefährdet ist und ich mit meinen Vorbereitungen für das Unternehmen Guinea, dessen Gelingen ja auch im Interesse der RGS liegen müsse, kaum vorankomme. Ich nenne Namen. Ich zähle alles auf, was sich Personal und Leitung in letzter Zeit geleistet haben. Für die Guinee erwarte ich Schadenersatz. Gleichzeitig erkundige ich mich nach dem Verbleib meines Freundes Thelonious Monk, der immer ein geschätzter Mitarbeiter der RGS gewesen ist.

Mein Englisch kommt mir flüssig aus der Feder. Eine gewisse britische Noblesse berücksichtige ich. Nur wenige verstehen heute noch, wirkliche Briefe zu schreiben. Ich könnte auch eine Mail schreiben, aber wer weiß, in welche Hände sie käme, ob sie nicht einfach weggelöscht würde, und zudem ist ja bekannt, dass der Emailverkehr abgehört wird.

Eine Briefmarke auf den Umschlag.
Die Adresse:
*Royal Geographical Society*
*1 Kensington Gore*
*London SW7 2AR*
Zufrieden bewahre ich den Umschlag in meinem Schreibtisch, bis ich ihn auf einem Stadtgang persönlich in den Briefkasten werfe.

Ich sitze an meinem Schreibtisch und trinke meinen Tee. Ich erinnere mich daran, wie es immer in Thelonious' Kabinett gewesen ist. Wir sitzen uns gegenüber, Thelonious und ich, in den Ohrensesseln, auf dem Teetischchen das Tablett, ein Gedeck für zwei. Er hat Scones besorgt und Clotted Cream dazu, die Scones sind knusprig und leicht wie Baiser, dazu der zitronige Geschmack des Ceylon, der kupferrot in den Porzellantassen steht. Auf Kanne und Tassen ein japanisches Kirschblütendekor in Blau. In seinem Zimmer riecht es nach Holz und alten Büchern.

Wir reden von der Wirklichkeit, die jeder hat. Die eigene, in die niemand hineinschauen kann, die er nur, wie Flaschenbotschaften über die Sieben Meere geschickt, erzählen kann. Wer versteht wirklich den Anderen? Er redet von der sprachlichen Verfasstheit von Wirklichkeit, weil wir die Realität immer nur *als etwas* verstehen.

Verstehen ist immer deuten, die Dinge an sich, die Sachverhalte und Wirklichkeiten, haben wir gar nicht. Er redet darüber, wie es dennoch möglich sein kann, dass wir eine gemeinsame Welt teilen, und wie sich das denken lässt. Er erzählt von Gadamer und Wittgenstein und der Analytischen Sprachphilosophie, bis ich nicht mehr folgen kann. Er merkt es und spinnt den Faden nicht weiter.

Manchmal treten wir auf die Veranda hinaus und schauen über die Zentralebene. Am Horizont stauen sich die Monsunwolken an den Bergen. Dort regnet es jetzt. Die Straßen verwandeln sich in Schlammpisten, Bäche werden zu reißenden Flüssen, die Wurzeln großer Bäume werden unterspült und lassen die Riesen umsinken wie müde Krieger. Wir sitzen in den Schaukelstühlen und paffen Zigarren. Dazu einen Gin in Wassergläsern, ich ohne Eis. Wir sprechen über die verschiedenen Ginmarken, der *Bombay Sapphire* unser Liebling, über Indien und Afrika und ein neues Spracherkennungsprogramm, das entwickelt wurde.

Ich erzähle von der Arbeit an meinem Dossier, von meinen Guinea-Plänen, von der Zukunft, die wie ein weites Land offen vor mir liegt. Später zeigt er mir in einem seiner alten Bücher die Aufzeichnungen von Georg Forster auf seiner Reise mit der *Resolution* in die Südsee. Captain Cook. Tahiti. So wird es Abend, und

Thelonious knipst die Tiffanylampe an. Der Schein spiegelt sich im Silber des Teetabletts. Auf den Rahmen der Ölbilder glüht ein Schimmer.

Nach dem Supper werden wir in den Cricket Club gehen und den Abend dort verbringen.


Neben der Arbeit am Dossier zeichne ich Karten. Was in dem unseligen Kreativkurs begonnen hat, setze ich nachmittags an meinem Schreibtisch, wenn das Licht gut ist, fort. Ich habe mir eigenes Papier und Zeichenmaterial besorgt.

Ich zeichne keine bekannten Länder und Kontinente mehr. Ich erfinde sie. Fantasiegebilde, fundiert. Die Bildungsgesetze und Gestaltungskräfte der Erde bleiben ja gleich: Geomorphologie. Flüsse entspringen im Gebirge und fließen dem Meer zu. Starkes Gefälle, tiefes Einschneiden. Flüsse durchqueren Sedimentsenken und schwemmen Deltas auf. Ein Tilkensprung: Wasserfall bei Übertritt von widerständigem in weiches Gestein. Berge: Mittelgebirge. Im Norden früher Gletschervereisung. Kambrium. Der übliche glaziale Formenschatz: Trogtäler, Fjorde, Urstromtäler, Sander, Drumlins. Moränenlandschaft mit langgezogenen Höhen. Hügelland, fruchtbar. Buchenwälder auf Kalk: ausgedehnte Forste, wärmeliebend. Die labyrinthische

Haselbuschlandschaft. Schichtstufen zu erfinden ist schwieriger, manchmal werfe ich auch alles über Bord und male aus purem Vergnügen. Ich schnörkle und kringle die Fjorde an der Küste, Norwegen hat mir vom Umriss her immer sehr gefallen. Schären, Binnenseen. Dann blau kolorieren mit Buntstiften. Wald male ich mit einem Stammstrich und einer runden Laubkrone darüber, leicht schattiert, hintereinander gestaffelt zu einer Moosfläche aus winzigem Blumenkohl. Berge male ich als kleine Gipfel mit Schattenflanke, krumm und gezackt, manche rund und abgeschliffen, die älteren. Sümpfe, Moore, Riedflächen, Salzwiesen. Manchmal verzweigt sich ein Fluss auch mitten im Grasland zu einem Delta, bildet Wasserrasen und Kanäle, wie am Okawango. Städte gelegentlich, Küstenstädte, wo es geschützte Buchten (Häfen!) und Fischerei gibt. Festungsanlagen auf erhöhten Standpunkten. Handelsknotenpunkte an wichtigen Brücken oder Mündungen. Eine kleine Burg male ich mit Turm und Zinne, eine wehende Fahne darauf, rot und grau koloriert. Gebirge braun, Flachländer grün. Ein paar Namen, aber bei Namen bin ich nicht gut. Namen als Widerspiegelung der geografischen Gegebenheiten, dazu braucht man Sprachenkenntnisse. Ich sehe die Landschaften vor mir, erfinde Handelswege und Warenumschläge, erfinde Reiche und Grenzen, Völker, Nationen, die Länder dehnen sich aus und verlangen immer größere Erweiterungen. Nach Osten dehnt sich ein Kontinent, Asien nachempfunden, die Halbinseln Indiens und Südostasiens haben schon immer mein ästhetisches Bedürfnis befriedigt.

So kann ich stundenlang zeichnen. Esse wenig. Mit den Medikamenten lassen sie mich nicht in Ruhe, aber ich wimmle sie ab. Ich will ungestört sein. Dies ist mein Reich, mein Zimmer, mein Refugium. Auch wenn sie mein altes gestohlen haben: Hier kriegen sie mich nicht heraus.

Einmal kommt der Professor und bewundert meine Karten. Ich zeige sie ihm nicht, sie liegen einfach herum. Ja, denke ich: Das ist es, was ich kann. Schon als Kind habe ich mir Karten gezeichnet, mit Butterbrotpapier den Atlas abgepaust, später dann Fantasieländer. Auch von Guinea zeichne ich eine Karte, so, wie es sein sollte: das Land voll Elfenbein und Ebenholz und lauterem Gold. Galeriewälder und Plantagen, lehmgelbes Urwaldmäander, Sandstrände, Dschungelklüfte, Süßwasserseen. Ja, schauen Sie nur, denke ich. Das ist meine Welt. Die nimmt mir niemand.

Aber ich spreche kein Wort. Ich zeichne weiter, bis sie verschwunden sind. Früher oder später verschwinden sie alle. Wie ein nichtiger Spuk. Wie Wind, der auflebt und sich wieder legt. Ich gehe nicht mehr aus meinem Zimmer.

Draußen Regen und Wind. Es wird still um mich. Wozu bin ich hier?

Im *Jardin des Plantes* spazieren gegangen. Kühler Herbst in Paris. Platanen, Eisenbänke und Kieswege, geharkt. In einem Winkel ein paar Tierkäfige, wie vergessen und verloren. In einem wiegte sich ein Raubtier vor den Gitterstäben hin und her, ein schwarzer Panther, das Spiel des Lichts auf seinen schwarzbefellten Muskeln und Sehnen, das Wippen des Schwanzes, die weißen Zähne, die unkenntlichen gelben Augen. Neunzehnhundertzwei weiß man noch nichts von Zoologie und moderner Tierhaltung. Der Käfig ist viel zu eng für den Bewegungstrieb des Tieres. Er kann nicht still liegen und dösen, faul werden, fatalistisch veröden – er muss sich bewegen. Er muss gehen, ein Gang ohne Ziel, des Sinnes beraubt. Es ist nicht mitanzusehen.

Das Gefängnis. An Rilke denke ich, an sein Gedicht. Er redet vom Gefangensein, von tierischer Qual, vom langsamen Erlöschen der Wirklichkeit. Tausend Stäbe, und hinter ihnen keine Welt, sagt Rilke. Er hat recht.

Ich sitze und schaue, kann den Blick nicht lösen von der Marter der Kreatur. Ich nehme es als Sinnbild. Das Wesen steht in seiner Kraft und Würde, in seiner geschöpflichen Herrlichkeit, und doch läuft es sich tot, dieses Leben, dieser Trieb, tickt wie ein Uhrwerk zu Ende. *Ein Tanz um eine Mitte, in der betäubt ein großer Wille steht* – ja, es ist ein großer Wille, der im Herzen wohnt, der Wille zum Leben, zum Sein, aber er ist taub geworden, lahm, er kann nur noch blind wollen aus sich selbst heraus, er hat den Blick und das Ziel verloren, weil nichts ihm entgegenkommt als der tägliche ausweglose Gang. Ein Bild, manchmal, geht ein durch die Pupille ins Herz, hört dort auf zu sein, aber nicht in mir. Mein Bild steht klar und leuchtend. Es hört im Herzen nicht auf zu sein: Es glimmt wie eine geheime Laterne im tiefsten Dunkel.

Ich sehe es mir nicht länger an. Erschießen sollte man das arme Tier. Ich gehe durch die Alleen zurück zum Ausgang, durchs steife Laub auf den Wegen. Ich kehre zurück in mein Gefängnis, ich trage es ja mit mir herum.

Paris, *Jardin des Plantes*, neunzehnhundertzwei.

So werde ich nicht enden. Es gibt eine Welt jenseits der Stäbe. Meine Welt.

Ich will leben.


Manchmal setze ich mich in den Park auf eine Bank und rauche. Aus dem Stanniol der Zigarettenpackung habe ich mir einen Aschenbecher gebastelt; ich will nicht, dass meine Kippen auf den Wegen herumliegen. Fritz sieht mich und setzt sich zu mir. Das ist mir nicht recht. Fritz hat sich von ihnen umkrempeln lassen. Er ist ihnen hörig. Und wenn er sich zu mir setzt, hat er doch nur wieder von sich und seinem Wahn zu erzählen. Er sieht mich als seinen Freund an. Das hat man davon.

„Wie geht's?", fragt er.

„Geht so", antworte ich einsilbig.

„Mir geht's gut", erzählt er unaufgefordert. „Der Doktor sagt, ich kann bald in eine Wohngruppe übersiedeln. Dann bin ich hier weg."

„Wohngruppe?"

„Ja, mit drei anderen zusammen. Ein Psychologe wohnt mit in der Wohnung. Wöchentlich soziale Betreuung. Sie helfen einem, wieder eine Arbeit zu finden, und bei dem ganzen behördlichen Kram. Als Vorbereitung auf die Freiheit." Er lacht.

„Schön für dich."

„Und was macht dein *geografisches Institut*?" Er lacht verschwörerisch.

„Dem geht's gut", sage ich.

„Ja ja. Weißt du, Siegfried, Krankheitseinsicht ist der einzige Weg heraus aus dem Gefängnis. Im Grunde wissen wir es alle, ganz tief drin, im Unterbewusstsein vielleicht. Man weiß ja schon, dass das kein Leben ist."

„So?"

„Natürlich. Das ist meine Erfahrung. Wenn man diese Einsicht einmal zulässt, dann geht alles ganz von selbst."

„Na, das klingt ein wenig zu einfach."
„Vielleicht. Ich glaube daran. Weißt du, man muss im Grunde seinen Wahn loslassen können, verstehst du? Nicht an ihm festhalten, ihn krampfhaft verteidigen. Ob man den Anderen nun glaubt oder nicht: Man muss die Möglichkeit, dass sie recht haben, zulassen."
„Aha."
„Ja. Ich meine, der Wahn bringt einem ja etwas, weißt du. Umsonst hat man ihn ja nicht. Ich zum Beispiel hatte keine organisch bedingte Schizophrenie. Bei mir kam das einfach so. Aber das hatte seinen Grund. Im Grunde wollte ich mich nicht der Welt stellen. Der Welt und meiner Aufgabe."
„Welcher Aufgabe?"
„Ich habe mir lieber eine Ersatzaufgabe gesucht. Diese ganze Geheimdienstaktivität, diese Suche in Kreuzworträtseln, das war Ablenkung, Ersatz, verstehst du? Weil ich mich der eigentlichen Aufgabe nicht stellen konnte."
„Welche Aufgabe?"
„Mein Leben zu meistern. Mein Leben gelingen lassen. Ich selbst sein, so wie ich bin. Ich bin kein begehrter Geheimagent, ich habe keine außergewöhnliche Gabe, ich muss nicht die Menschheit retten. Ich bin einfach ich."
„Und das bist du jetzt", sage ich.
„Ich bin noch an der Grenze. Immer wieder gibt es Rückfälle, Versuchungen. Aber weil ich

jedesmal weiß, was vor sich geht, kann ich damit umgehen. Vielleicht wird es immer so bleiben. Vielleicht bin ich immer gefährdet. Aber das ist, wie wenn einer Bluthochdruck hat, oder Diabetes. Ich muss mich nur entsprechend einrichten."

„Weißt du", sage ich, weil ich meine Ruhe haben will, „das freut mich für dich und ich gratuliere dir, dass du diesen Weg gehst. Aber übertrag das bitte nicht auf Andere. Ich weiß nicht, warum du gerade hier bist, um zu genesen, aber ich gehe meinen eigenen Weg. Ich habe andere Ziele als eine Wohngruppe."

„Aha. Und welche?"

„Ich will nach Guinea. Kennst du das?"

„Ist das nicht diese Insel in der Südsee, wo es noch Kannibalen geben soll?"

„Das ist Neuguinea. Ich meine das Land in Westafrika."

„Aha. Und was willst du da?"

„Das, was du auch willst: einfach ich selbst sein." Mehr will ich ihm nicht verraten. Es ist bloß, damit niemand denkt, ich wäre ziel- und haltlos. Ich meistere mein Leben. Ich habe einen Traum.

„Du hast gesagt, du wüsstest nicht, warum ich gerade hier bin", sagt er. „Du meinst: hier in der Klinik?"

„Du siehst es als Klinik. Für mich ist es das Institut."

Fritz sagt nichts mehr. Er wird nervös und fingert an den Knöpfen seiner Jacke herum.

„Gib mir auch eine Zigarette", sagt er.

Er nimmt sie, zündet sie an, raucht fahrig.

„Weißt du, heute ist so ein Tag", fängt er wieder an. „Ich spüre es. So ein Kribbeln, so eine Unruhe. Heute muss ich aufpassen."

„Worauf?"

„Auf Geheimagenten", sagt er und meint es nicht scherzhaft.

Wir rauchen eine Weile schweigend. Plötzlich ruckt er mit dem Kopf hin und her, dreht sich zur Seite, zerdrückt seine Zigarette auf den Latten der Bank.

„Da drüben", sagt er, „da am Zaun. Siehst du denn Typen im Regenmantel?"

Ich schaue hin, aber da ist niemand.

„Ich weiß, du kannst ihn nicht sehen. Aber ich sehe ihn. Er steht da und beobachtet mich. Nicht hinschauen!"

„Quatsch, da ist keiner!"

„So geht das an solchen Tagen", sagt er und versucht zu lachen. „Ich weiß, dass er nicht da ist, aber ich sehe ihn trotzdem."

Verstohlen wirft er einen Blick zur Straße.

„Er winkt mich zu sich. Ich weiß, er will mich wieder zu einem Auftrag überreden. Wenn ich hingehe, hat er schon gewonnen. Ich muss ihn ignorieren, verstehst du, Siegfried. So tun, als würde ich ihn nicht sehen. Dabei sehe ich ihn, so deutlich wie dich."

Ich bin schockiert. Das habe ich noch nicht erlebt. Ich blicke noch einmal zum Zaun, da ist niemand, die ganze Straße leer. Aber ich kann die Gegenwart dieses Phantoms an Fritz' Gesicht erkennen, an seinen Mienenzügen, seiner Nervosität.

„Ich muss mir einfach vorsagen, dass er ein Wahngebilde ist. Ich weiß, das klingt verrückt, ist es ja auch, haha, aber ich muss gegen das, was ich sehe, anglauben. Die Anderen haben recht, und ich weiß es im Grunde. Hilf mir!", sagt er und greift meine Hand, hält sich daran fest.

„Lass nicht zu, dass ich zu ihm hinübergehe!"

Ich bin wirklich erschüttert. So habe ich Fritz noch nicht erlebt. So wie er redete, hätte ich ihm mehr Souveränität zugetraut.

„Komm", sage ich, drücke meine Zigarette aus, nehme seine Hand.

„Wir gehen rein."

Ich ziehe ihn von der Bank hoch, drehe ihn herum, gehe mit ihm den Weg entlang zum Hintereingang.

Er nickt vor sich hin, lacht.

Drinnen sagt er: „Du bist ein echter Freund, Siegfried. Danke!"

Es ist ihm ein bisschen peinlich, das merke ich. Zuerst setzt er zu einer Entschuldigung an, dann macht er eine wegwerfende Bewegung mit der Hand.

„Siehst du, daran muss ich mich gewöhnen. Deshalb brauche ich noch Hilfe. Im Alltag würde es mich irgendwann einholen."

„Mensch, Fritz", sage ich und tätschle ihm die Hand.

„Ich geh jetzt in den Fernsehraum. Besser, nicht allein zu sein. Morgen habe ich wieder ein Gespräch mit dem Kühne. Da sprech ich das an."

Ich sehe ihn den Gang entlanggehen, schon wieder straff und zuversichtlich. Das hat ihn getroffen, denke ich. Das ist sicher nicht leicht.

Und ich?


Heute gehe ich den altvertrauten Weg zu Thelonious' Zimmer. Aus Gedankenlosigkeit, buddhistisch fast: absichtslos. So finde ich tatsächlich den Weg, erkenne den Trakt C wieder, die dunklen Gänge mit den Wandtäfelungen, den Wandleuchtern alle paar Meter, die schwere Eichenholztür, es ist alles wie immer.

Ich klopfe sacht. Tatsächlich ertönt die vertraute Stimme dahinter, die heisere, aber volltönende Stimme von Thelonious. Ich trete ein.

Es ist wie immer. Der Geruch nach altem Papier und Holz, ein wenig muffig und durchduftet von dem Tee, der schon auf einem Teetischchen bereitsteht. Die Kopie des Behaim-Globus mitten im Raum, in den Regalen die

Fächer aus Paradiesvogelfedern, die Masken, die Speere, die Fetische aus Ebenholz und Granit. Der wuchtige Schreibtisch. Die Lampe darauf brennt, Thelonious sitzt in einem der Ledersessel und schaut mich an. Draußen vor dem Fenster ist es ein grauer, verhangener Tag, der typische Londoner Niesel. Vor dem Vorgarten ein schmiedeeiserner Zaun, gegenüber die kleinen Reihenhäuschen irgendwo im Londoner Osten.

„Willkommen, alter Freund!", sagt Thelonious und lädt mich lächelnd mit einer Geste ein, Platz zu nehmen.

Ich fühle mich wie zuhause.

Ich setze mich, schweige, er nimmt seine Tasse mit der Untertasse und führt sie zum Mund. Ich nehme meine Tasse und schnüffle über dem Dampf.

„Darjeeling", sage ich.

„Frisch eingetroffen. Die Zweite Ernte dieses Jahres. Der Jungpana-Garten hat diesen Sommer wieder ein exquisites Muscatell-Flavour hervorgebracht."

Eine Zeit lang sitzen wir und genießen den Tee.

„Du warst verreist?", frage ich wie nebenhin.

„So könnte man es nennen. Aber du bist nicht ganz unschuldig daran."

„Wieso das?"

„Ich bin allein wegen dir hier, Siegfried. Das musst du wissen. Wenn du mich nicht mehr sehen willst, verschwinde ich."

Ich bin erstaunt. „Weshalb sollte ich dich nicht mehr sehen wollen? Du bist mein bester Freund."

„Eben. Aber du hast dir da etwas in den Kopf gesetzt, mein Lieber, etwas, das unsere Freundschaft auf eine harte Zerreißprobe stellen wird."

„Ach ja? Was habe ich mir denn in den Kopf gesetzt?"

„Das weißt du selbst am besten."

Es ist heute merkwürdig mit ihm. Er ist liebenswürdig und zuvorkommend wie eh und je, aber zugleich schwingt ein Ton nicht von Misstrauen, aber von Enttäuschung mit. Habe ich ihn mit irgendetwas gekränkt? Habe ich etwa unsere Freundschaft verraten? Dann dämmert es mir.

„Du meinst Guinea", sage ich und lache.

„Exakt. Du willst nach Guinea."

„Aber das will ich doch schon lang! Ich bin Geograf, das weißt du doch."

„Das meine ich nicht. Solange Guinea ein Wunschtraum war, der jedes Geografenherz höher schlagen ließ, waren wir uns einig. Ich habe selbst in meinem Leben viele Länder bereist, und auch du wolltest ja eine Forschungsreise unternehmen, wenn ich mich nicht irre."

„Ja, genau", sage ich und nehme meine Tasse wieder auf, die ich abgestellt habe.

„Aber darum geht es dir ja nicht mehr. Du hast deine Pläne sozusagen erweitert. Dir ist es jetzt ernst, lieber Freund. Leugne es nicht!"

„Ich leugne es gar nicht. Natürlich will ich nach Guinea. Aber du kennst Guinea doch auch. Du bist doch auch dort gewesen, oder nicht?"

„Du sprichst nicht von dem Guinea, das alle Welt kennt. Du hast jetzt dein eigenes Guinea. Verstehst du, Siegfried? Dein Guinea hat mit fernen Ländern und fremden Küsten nicht mehr viel gemein."

„So? Das wäre mir neu."

„Ich kenne dich besser als du dich selbst. Und ja: Das *ist* dir neu. Dieses Neue ist es, was du willst. Dieses unbekannte Land der Freiheit und des Lebens, das du nicht einmal erahnen kannst."

„Ich habe mich immer nach Freiheit gesehnt."

„Aber du warst dir nicht bewusst, was sie bedeutet. Du willst dich von aller Abhängigkeit lösen. Sogar von mir."

„Das ist nicht wahr, Thelonious. Was du da redest! Was ist denn los mit dir?"

„Ich werde in deinem Guinea nicht mehr vorkommen, das ist es doch", sagt er und breitet ergeben die Hände aus. „Du willst mich nicht mehr brauchen. Du willst auf eigenen Füßen stehen, und du hast keine Ahnung, was da draußen auf dich zukommt. Glaub mir, die, die dir jetzt helfen, sind nicht vertrauenswürdig. Sie werden dich im Stich lassen. Du wirst ganz allein sein, mit all der Härte und Kälte und Grausamkeit, die du dort zu erwarten hast."

„In Guinea?"

„Dein Guinea ist eine Schimäre. Du wirst nicht glücklich werden."

„Doch", widerspreche ich. Das Ganze ist wie ein Traum, wie ein Alptraum: wattig und seltsam taub und doch geschieht alles wie unausweichlich, wie festgelegt. „Ich werde in Freiheit leben. Ich werde wieder Vertrauen lernen können. In mich, in Andere, in ... die Stimme, die ich in mir höre und der ich folge. Das ist etwas Neues, was es vorher nicht gab, Thelonious."

„Ich wusste, dass du so argumentieren würdest, Siegfried. Es macht mich traurig. Ich kann dir nur eines sagen: Du musst dich entscheiden."

„Entscheiden?"

Plötzlich bemerke ich im Augenwinkel eine Bewegung. Ich blicke auf, und dort, in den Ecken, stehen sie, die schwarzen Gestalten. Ich erschrecke. Sie müssen die ganze Zeit schon dagewesen sein.

Ein schrecklicher Verdacht keimt in mir auf.

„Sie sind hier? Wieso sind sie hier?", frage ich Thelonious.

„Wir alle sind deinetwegen hier, Siegfried.

Das weißt du doch. Allein wegen dir."

„Machst du etwa mit ihnen gemeinsame Sache?"

Ich springe vom Sessel auf. Grauen packt mich. Doch nur für einen Moment. Ich werde wütend.

„Entscheiden? Zwischen mir und denen? Zwischen mir und euch, oder wie?"

„Zwischen uns und deinem neuen Leben. Zwischen dem Alten, das du kennst, das in dir wohnt wie ein Seelenfreund, das dir durch und durch vertraut ist, das dir Halt und Geborgenheit gibt und dich schützt – und dem Neuen, das dich in eine ungewisse Zukunft stoßen wird. Wir alle sind deinetwegen hier. Diesen Ort", er macht eine ausholende Geste, „gibt es nur wegen dir."

„Entscheiden, sagst du? Ich habe mich längst entschieden!" Ich balle wütend die Fäuste.

„Das habe ich mir gedacht", sagt er. „Dann werden wir uns Lebewohl sagen müssen."

Die Gestalten treten plötzlich aus den Ecken und kommen näher. Ich spüre ihren Hass, ihre Entschlossenheit, ich spüre die Qual in ihren Händen, mit der sie mich martern wollen.

„Wenn das ein Abschied sein soll", sage ich, „dann von mir aus. Lebwohl!"

Und ich gehe einfach aus dem Zimmer.

Seither ist es still geworden. Manchmal denke ich noch an Thelonious, an unsere Freundschaft, aber nicht wie an etwas wirklich Gewesenes, sondern eher wie an eine Geschichte. Da war einmal jemand, mein bester Freund, und das Leben hat uns getrennt. Jetzt könnte ich Anekdoten erzählen.

Manchmal sehe ich Thelonious draußen im Park spazierengehen und will das Fenster öffnen und hinausrufen, aber dann besinne ich mich. Wir haben uns Lebwohl gesagt. Es gibt keine Verbindung mehr. Er und die schwarzen Gestalten gehören zum selben Schlag.

Manchmal setzt sich Thelonious beim Essen zu mir und will mit mir reden, aber ich höre nicht zu. Manchmal stehen in der Schlange in der Cafeteria die schwarzen Gestalten, lassen mich nicht aus dem Blick, aber ich beachte sie nicht. Ich halte mich an Fritz' Rat. Irgendwann habe ich sie vergessen.

Ich habe den Trakt C seither nicht mehr betreten. Ich denke mit Wehmut an ihn, ja, ich bin traurig, nicht nur, weil ich manchmal die Stunden in Thelonious' Kabinett vermisse, sondern auch wegen ihrem Frieden, den ich nirgends mehr finde. Manchmal erscheinen diese Stunden mir so unwirklich, so sehr verträumt, dass ich mich frage, ob es sie je gegeben hat. Vielleicht habe ich mir das alles ausgedacht, um nicht allein zu sein in meinem Gefängnis.

Ich sitze in meinem Zimmer, als plötzlich ein Pfleger hereinkommt, der Schwarze, Herr Mbasa heißt er. Er begrüßt mich freudig und hat einen Pappkarton in der Hand, einen großen.

„Überraschung", sagt er und stellt den Karton auf den Schreibtisch.

Ich schaue ihm verblüfft zu und weiß nicht, was ich sagen soll.

Er öffnet den Karton und hievt eine kleines silberfarbenes Gerät heraus, mit Kabeln dran.

„Was ist das?"

„Ein CD-Player, Herr Aschenbach."

Er packt auch die zugehörigen Kopfhörer aus, aber keine Lautsprecher, und sucht nach einer Steckdose. Ich zeige sie ihm, immer noch sprachlos.

„Ist der für mich?"

„Den hat Ihr Sohn Christian für Sie besorgt. Nach Rücksprache mit dem Doktor. Laut dürfen Sie ja keine Musik hören auf den Zimmern, aber mit Kopfhörern geht's."

„Mein Sohn?"

Der mich immer besucht, denke ich. Dieser Christian. Wie kommt er dazu, mir einen CD-Player zu schicken? Aber, denke ich, wenn er wirklich mein Sohn ist, dann wird die Geste verständlich. Er will, dass es seinem Vater gut geht.

„Und hier", sagt Herr Mbasa, „Ihre CDs von zuhause."

Er hebt einen Stapel mit Plastikschachteln aus dem Karton, der jetzt leer ist. Ich schaue mir die Hüllen genauer an, erkenne Titel, Cover, und allmählich dämmert es mir. Tatsächlich – das sind meine CDs, die ich zuhause immer gehört habe. Miles Davis ist dabei und Stan Getz und sogar *Round Midnight*, das ich abends immer gehört habe, nach der Arbeit am Schreibtisch.

Und natürlich: Thelonious Monk.

Wie habe ich diese Musik vergessen können!

Herr Mbasa nimmt den leeren Karton mit einer Hand und sagt strahlend:

„So, bereit zum Hören. Viel Spaß damit."

„Danke schön", sage ich.

Als er draußen ist, schaue ich mir jede einzelne CD an. Christian hat eine Auswahl getroffen, ich weiß nicht, ob er sich mit Jazz auskennt. Aber die Monk-Titel sind alle dabei.

Ich greife mir die Live-Aufnahme in Carnegie heraus, lese die Rückseite, öffne die Schachtel, sehe die silberne Scheibe darin glänzen. Fast ein erhebendes Gefühl.

Mit dem CD-Player komme ich rasch klar. Er hat ein versenkbares Schubfach und begrüßt mich in Maschinenschrift mit *Hello*.

Ich lege die CD ein und lasse das Schubfach im Innern des Geräts verschwinden. Stöpsle die Kopfhörer ein, rücke sie zurecht, drehe am Lautstärkeregler.

Die ersten Klavierklänge. Sacht, ruhig, nachdenklich. *Monk's Mood*. Mein Lieblingsstück.

Eine seltene Aufnahme aus dem Archiv. Als sie damals herausgekommen ist, habe ich sie mir sofort gekauft. Monk spielt hier mit Coltrane zusammen, der gerade in einer Umbruchphase war zwischen zwei Engagements bei Davis. Das erste Sax-Näseln, rauchig, verspielt. Das ist er. Das Zusammenspiel zwischen beiden macht die Platte zu etwas Außergewöhnlichem. Sie spielen sich die Bälle zu, die Rhythmen, die Einsätze und Sequenzen. Manchmal sind sie im Dialog, manchmal fingert Monk fast philosophisch vor sich hin und Coltrane legt seine lyrischen Läufe darüber. Herrlich.

Ich sitze in meinem Sessel und höre die ganze Platte. Vergesse die Zeit. Die Musik ist mir gänzlich bekannt, ich kann Passagen vorhersagen, aber wieder vertraut wird sie mir erst beim zweiten Abspielen. Jetzt höre ich die alten Klänge, spüre die alten Gefühle. Sie kommen wie etwas, das ich betrachten und untersuchen kann. Wie Gäste, die vor der Tür stehen.

Ich merke, dass ich diese Gefühle lange nicht mehr hatte, ich weiß nicht, ob ich sie noch will, aber die Musik hat ihren Zauber und fängt mich ein.

Vielleicht könnte ich sie zu einem Teil meines Hierseins machen. Dann bekämen sie eine neue Bedeutung. Natürlich sind die Abende in meinem Arbeitszimmer, wenn ich nach der Unterrichtsvorbereitung entspannen wollte, wieder präsent. Ich bekomme ein Gespür für mein Zuhause. Ein vergangenes, kommt mir vor, wie ich hier sitze und an alles denke, was ich bisher in dieser Klinik erlebt habe. Das ist ein Stück alte Welt; sie hat nichts mit der RGS oder geografischen Dossiers oder Guinea zu tun.

So hat sich ein geborgenes, geordnetes Zuhause angefühlt, denke ich.

Trotzdem kann ich mich darin kaum vorstellen. Das muss ein Anderer gewesen sein, ebenso wie dieser Christian nicht mein Sohn sein kann. Ich meine: Wenn er wirklich mein Sohn wäre, dann müsste ich doch etwas fühlen.

Aber ich bin ihm dankbar. Es ist rührend, dass er so an mein Wohl denkt. Dass er diesen CD-Player besorgt.

Zum Abendessen muss man mich holen. Ich sitze und lausche der Musik, mit geschlossenen Augen, wer weiß, wo ich unterwegs bin. Die Musik, merke ich beim Aufstehen, als die Pflegerin wartend im Zimmer steht, tut mir gut. Ich weiß jetzt, warum ich sie gehört habe, warum ich sie mag.


Die Angst ist immer noch da. Aufdringlicher jetzt. Ich dachte, ich werde sie mit der Zeit los, aber sie hat sich in meinem Tageslauf eingenistet. Meist ist sie jäh wie ein Schreck, ein Tier, das mich anspringt. Die Beine drohen mir zu versagen, mein Herz klopft laut, ich muss mich setzen. Manchmal stehe ich auch wie erstarrt und sehe Dinge vor mir, die ich nicht begreifen kann. Eine umgestürzte Stehlampe. Blut, das über den Dielenboden läuft wie ein langsamer Strom. Ein zerfetztes Gesicht. Ich kann das nicht fassen.

Manchmal ist die Angst aber auch schleichend, eine Beklemmung, eine Unheimlichkeit, die dauernd anwesend ist. Dann wird alles zweideutig, was um mich her ist, und ich habe das Gefühl, als könnte, wenn ich eine Schublade öffne, eine Tür aufmache, um eine Flurecke biege, das Grauen herausspringen.

Einmal schrecke ich zusammen, als irgendwo Glas zerklirrt, das Klingeln der Scherben, das hässliche Krachen der Spiegelfläche, ich weiß nicht, was da zerschmettert wurde, aber ich zittere am ganzen Leib.

Ein andermal schneidet sich die Schwester an einem Messer, und das Blut lässt mich schreiend flüchten. Ich muss weg, kann es nicht sehen, es ist wie ein Ungeheuer, das mich verfolgt. Ich verbarrikadiere mich in meinem Zimmer.

Einmal ist es ein Rosenstrauß in einer Vase im Gemeinschaftsraum, der mich erstarren lässt. Ich zeige auf ihn, stammelnd, kann den Anblick nicht ertragen. Die Pfleger müssen ihn wegtun, außer Sicht. Ich kann es nicht erklären, weiß ja auch nicht, was da ausgelöst wird. Doktor Kühne erklärt es mir, so gut er kann. Ich beginne mich zu erinnern, sagt er. Die Angst wird nun zugelassen. Alles Mögliche kann mit ihr in Verbindung stehen, alles Mögliche mich daran erinnern.

Woran?

Jetzt erst habe der Prozess der Verarbeitung begonnen. Das kann dauern, sagt er. Vielleicht muss ich mit der Angst leben. Sie wird nicht einfach verschwinden. Mut brauche ich, sagt er. Sie haben hier einen Rahmen, in dem Sie sich der Angst stellen können. Der Angst und dem Verlust.

Welchem Verlust? Das alles ist so weit weg, das sind Phantome, Papierfiguren, das berührt mich nicht.

Das ist ganz normal, sagt Doktor Kühne. Sie verdrängen die Gefühle, und das ist im Moment eben notwendig. Die Gefühle werden kommen.

Ich weiß nicht, ob ich darüber froh sein soll. Ich will diese Gefühle nicht. Sie bedrohen mich. Sie zerstören meine Ordnung und meine Sicherheit, die ich hier habe. Ich habe bisher gut ohne sie gelebt. Wozu ist das notwendig?

Ich will nach Guinea. Ich muss diese Angst besiegen.

Es wird Winter. Die Blätter fallen. Ich gehe draußen im Park spazieren, mein Schritt raschelt durchs Laub. Es hat geregnet, die Stämme sind schwarz, die Rinde aufgequollen, es riecht nach Erde und nassem Holz. Wieder kommt mir ein Gedicht von Rilke in den Sinn, es handelt vom Herbst und vom Blätterfall, vom taumelnden Fallen, das in allem steckt, von den Gärten des Himmels, die nun auch welken, aus denen die Ewigkeit weicht unterm Anspruch des Endes, und von den Händen des Einen, die dieses ganze Fallen sanft umfassen. So fühle ich mich.

Im Herbst werde ich immer melancholisch, ich erinnere mich. Herbst ist keine gute Jahreszeit, um aufzubrechen. Der Winter steht bevor, da verkriecht man sich hinterm warmen Ofen und ist dankbar für eine Suppe und eine Tasse Tee. Mein Wandeln in den Parkalleen ist unruhig und friedlich zugleich. Die gelben Blätter der Platanen fallen aus dem grauen Himmel, segeln wie steife Tücher durch die Luft und landen mit einem leisen Flappen auf dem Boden.

Ich fühle mich gehalten. Umfasst, mit meiner Angst und meiner Verirrung, mit meinen kleinen Freuden und Erfolgen, mit meinem Traum.

Das Fallen macht Angst. Gewiss. Aber es findet ins Ziel.

Ich setze mich auf eine Bank und ziehe fröstelnd meinen Mantel um mich. Es ist kalt geworden draußen. Ich sitze und schaue den Spaziergängern zu, schaue durch das Tor des Parks auf die Straße. Ich habe plötzlich, für einen Augenblick, das Gefühl, falsch zu sein, am falschen Ort, mich verirrt zu haben und nur zu glauben, ich sei, wo ich sei. Die Straße vor dem Tor sieht fremd und falsch aus, der Park ist nicht der Park, und als ich langsam den Kopf wende, um mich nach dem Gebäude in meinem Rücken umzudrehen, weiß ich schon, dass es nicht das Institut ist.

Es ist ein moderner Bau, viel Glas und Beton und Stahl, das alte Institut mit der viktorianischen Fassade ist verschwunden.

Es überrascht mich nicht. Trotzdem gibt es mir einen Stich, weil ich weiß, dass ich eine Heimat verloren habe. Tränen steigen mir in die Augen. Ein Impuls packt mich, aufzuspringen und auf die Straße zu laufen, zu suchen nach meinem Park und meinem Institut, durch das Labyrinth der Stadt zu irren und verzweifelt Ausschau zu halten nach dem Verlorenen.

Ich schluchze leise.

Eine Frau in weißem Kittel setzt sich neben mich, will mich trösten. Schon in Ordnung, sage ich. Ich weiß jetzt, dass sie kein Hauspersonal ist, und als wir aufstehen und gemeinsam zum Hintereingang gehen, bin ich froh, hier zu sein. Mit meinem Traum von Guinea. Mit dem nächsten Schritt vor mir: dem Umzug in eine Wohngruppe.

Drinnen ist es warm, ein flüsterndes Getriebe von Menschen, lächelnde Gesichter, nickende Köpfe. Für mich ist es ein Willkommen wie nach langer Abwesenheit.

In meinem Zimmer ist es ebenfalls warm, jemand hat die Heizung aufgedreht, während ich draußen war. Ich setze mich auf mein Bett, streiche über die Decke. Es ist kurz vor Essenszeit. Heute gibt es Salzkartoffeln, Rosenkohl und gebratenen Fleischkäse. Jemand hat es für mich zubereitet, das ist gut, denn ich habe Hunger. Nachher koche ich mir eine Tasse Tee und werde hier sitzen, in diesen vier festen Wänden, im Trockenen, und zuschauen, wie sich das Licht der Schreibtischlampe in der blauwerdenden Scheibe zu spiegeln beginnt.

Ich bin noch traurig. Traurig über den langen Weg, den ich gebraucht habe, um zu mir selber zu kommen. Um zu sein, wo ich bin. Den langen Irrweg, die Vergeudung, aber auch die Angst und den Schmerz, die all das notwendig gemacht haben. Es ging nicht anders, ich weiß. Trotzdem ist es traurig, unfasslich, in welchen Ödnissen Menschen wandern müssen, weil sie den Kontakt zum Leben verloren haben.

Aber jetzt bin ich hier. Ich stehe auf, trete vor die Tür meines Zimmers, in den Gängen riecht es schon nach Essen.

Ich werde nach Guinea kommen, das weiß ich.